蝴蝶 Seba

蝴蝶
Seba

蝴蝶
Seba

蝴蝶
Seba

蝴蝶館 38

蠻姑兒

蝴蝶*Seba*◎著

elegantbooks

第一章

我想事情會變成這樣，只能怪那個自殺的女醫生。

至於事情發生後，我只會呆若木雞、和盤托出，都怪我只看過《闇河魅影》，腦筋轉不過來。坦白說，我若多看幾部穿越小說也不至於到這種地步，但我老妹只會說得口沫橫飛，來探病的時候一本也沒有，所以我才會在資訊嚴重不足的情形下，直到臨嫁前才恍然自己穿越時空了。

話說從頭，得從那個昏迷不醒的女醫生推到我的三人病房說起。

每個醫院都有個黑病房，就是那種鮮少有病患康復出院，通常是走另一條捷徑的那種。我在這個黑病房已經住了一年多，之前還能掙扎著斷斷續續的上學。上完高中就是我的極限了，因為我兩腿已經硬化到不能行走……真正行不得也哥哥。

在家休養了五年多，實在不成了……腿部的硬化已經蔓延到腰。這種罕見的硬化症很溫和，很少暴死的……一點點慢慢的吞掉，等硬化到了心臟，差不多也該樂返天國。拖到二十四、五，已經是爸媽竭盡全力的結果了。

我倒是還能接受事實，只是想到火葬不知道燒不燒得動，有點發愁。

這個黑病房沒人敢住，只有我安居樂業，跟落地生根差不多……身邊只有幾套翻爛的漫畫和小說陪著我，還有很難看的電視。

所以，當那個自殺的女醫生推進來時，看她沒有性命之憂，我把握良機，和護士小姐好好的聊了一通八卦，稍慰多日無人交流、百無聊賴的孤寂。

這個女醫生看起來年紀輕輕，雖然不太漂亮，也算得上陽光佳人。我想就是那種第二眼美女。聽說她因為失戀喝了個大醉，非常有勇氣的割腕了。

大概是外科大夫的職業病，她割得真是乾淨俐落、起手無回，但人倒楣真是連自殺都不利索，另一個醉鬼撞錯了門，用不地道的方式開了（聽說是用信用卡，現在的門鎖是怎麼回事……），進了浴室，看到一浴缸的血水嚇醒了，立刻撥了一一九，現在醫學技術高超，硬生生把她從鬼門關拉回來。

我聽了真是感慨萬千。我若是她，能跑能跳，還念到醫學院當了外科大夫，分手有什麼了不得的？路上大把的男人，砸都能砸一個回家，不喜歡再砸下一個就是了，需要那麼死心眼嗎？

瞧瞧她，再瞧瞧我。我除了能夠大嘆三聲無奈，只能說，人過得太好就會自找麻煩，心魔百出。我若能跑能跳，就算失戀一千次，也同樣陽光向上。男人比得上自己的兩條腿嗎？年輕人就是年輕人，想不開。

……我好像還比她小幾歲。

太自傷了，安眠藥沒起效果。正躺著發呆的時候，昏暗的病房突然亮得跟白天一樣。

我偏過頭看隔壁病床，腦海一片空白。

這黑病房我住了一年多，別說「那個」，連隻蟑螂都沒有，我還很遺憾命格太重，沒特別的體驗。現在，一個半人半蛇（還是龍？）的猛男（？），面孔宛如斧鑿刀削，非常性格好看，正在低頭看那個昏迷的女醫生。

他伸手，女醫生飄起來……透明的女醫生，她的身體還在床上吊點滴。我猜是魂魄之類吧，哈哈哈……

我居然沒尖叫，實在是心理素質堅強，不愧是日日生活在生死邊緣的模範病人。

他一把抱住女醫生……的魂魄，亮得刺眼的病房突然出現一個黑洞。他縱身，矯健的優游而入，我相信姿勢可以在跳水比賽裡拿到滿分……不好的是，那個黑洞沒有及時關閉，我發現我開始透明化……把我吊著點滴的身體留在病床上，並且被吸入黑洞了！

這下，不尖叫也不行了。但靈魂尖叫的效果很差，只引起樓下的野狗吹狗螺，沒引起任何人類的關切。

剛才那個詭異的場景，不管是妖怪（大概吧？）索魂，還是什麼異族愛情故事，都無法引起我驚恐或感動的情緒。我只絕望的想到周星星說的：「我是鄉民，只是站得前面一點。」

問題是，我並不想站得前面一點，別說站，我連爬都爬不出病房，你們的愛恨情仇關我啥事，你們失火你們的，為什麼要殃及我這條命不久矣的池魚?!

更重要的是，現在是什麼狀況啊？我非常老套又沒創意的悲呼：「救命啊～」

別傻了，當然沒有大俠來救我。你以為人生處處是小說嗎？太天真！

＊　＊　＊

等我醒來的時候，以為被送到精神病院，而且這個精神病院還在開化妝舞會。當你看到精緻華美的床帳，和圍在床前吱吱喳喳不知道在說啥玩意兒的古裝女人，我想你也會跟我有同樣的感覺。

讓我沒馬上問醫生在哪的主因是……我的腿有感覺。雖然是痛，但的確有感覺了。

我一把掀開棉被，瞪著我的腿……又迷惑起來。難道……我病得太久，硬化轉移導致腦病變？我可不相信我如此樂觀堅強的心理素質會崩塌到發瘋，精神上不可能，那就是生理病變了。

因為那根本不可能是我的腿。看起來像是兩根火柴棒，細瘦瘦的，我又瞪著自己的手……瘦得跟雞爪一樣，而且又小……小到像個少女的手，不是成年人的手。

她們還在圍著我吱吱喳喳。雖然聽不懂，最少我知道是在罵我。中國的國罵咩，意思都很容易懂。不信你去山東找個在地人，對他用台語問候他娘親，看會不會挨打。

「這是哪？」我小心翼翼的開口，「妳們……是誰？」

瞬間鴉雀無聲，她們居然全體閉嘴了，瞪著我像是見了鬼。

一個穿得最華貴的女人（七、八根金釵插腦袋，不重嗎？）排眾而出，用不怎麼標準但勉強能聽懂的國語說，「蠻姑兒幾時會說官話？」

既然是她對我說的，蠻姑兒是我……我又去哪了？

這真是很哲學性的問題，值得深思。

「那個，」我咳了一聲，「我不是蠻姑兒。攝影機在哪？」我開始轉頭，這該不會是個惡作劇節目吧？

那個貴婦（穿得很貴……）瞪了我一會兒，勃然大怒，「蠻姑兒，妳別以為上了吊就可以不嫁，這是老爺訂下來的婚事，妳嫁也得嫁，不嫁也得嫁……」接著又是一大套聽不懂的方言了。

「可我不是妳們說的什麼蠻姑兒。」我滿腦袋漿糊，「我叫吳安平……」然後一陣傷悲。姓啥都好，姓梅跟姓吳真是令人無言。安平平安，聽起來多好。一姓了吳……哎，悲痛。

貴婦張著嘴，機關槍似的用不標準還得猜的國語問了一通。我被炸昏了，真是有什麼就回什麼。她雙手扶頰，非常有喜感的呈現孟克的「吶喊」狀態，帶著那群女人立刻敗走，只留一個小女孩一臉要哭的看著我，全身發抖。這是怎樣？

我試著跳下床……真讓我跳成了，立刻熱淚盈眶。我試著走來走去，老天，能夠重新走路的感覺真是太好了，我完全原諒了一切莫名其妙的事情，也原諒了搞愛恨情仇殃及我的那對（消音）男女。

若不是房裡還有人，我真能蹦起來，跳個舞什麼的。

我急切的找到了一面鏡子……銅鏡該擺在博物館吧，怎麼會在這兒……但鏡中那個目瞪口呆的枯瘦少女，其實應該跟銅鏡一起擺在博物館才對。鏡子裡那個陌生憔悴又枯瘦的古裝少女是誰？

等證明是「我」的時候，又陷入了深刻的哲學性問題。

我第一個想到的是，《西遊記》裡頭（沒辦法，古典小說耐看，一本可以反覆看三年）「唐御妹跌死花陰，劉全娘子借屍還魂」的故典。

但這個空間暫且不論，時間似乎有點兒……不太對呀……

我轉頭問旁邊站著發抖的小女孩，「現在是什麼朝代？」那個小女孩尖叫一聲，爬到門邊，「別、別吃我！」……這朝代的名字很別致。當然，我是在苦中作樂。

「不餓。」我沒好氣，「什麼朝代？」

她抖得沒那麼厲害，還是背著我，「大、大明朝。」

……雖然我沒念過大學，但也知道這在學理上是絕對不可能的事情。雖然《闇河魅影》裡的夕梨也去了西臺帝國……好歹人家是中了惡毒的巫術。我只是倒楣碰到一對（消音）男女。

那群女人去又復來，貴婦（首飾很貴）又用她不標準的國語對我轟炸，很是威脅利誘。因為我還糾結在不可能的哲學與科學的問題上，只是愣愣的看她。

最後她們硬把我教會說地方方言（許久以後才知道是蘇州話），告知蠻姑兒的身世，威脅我不能再瘋言瘋語，不然就叫道士來撒狗血之類的……

我渾渾噩噩的學說話，背蠻姑兒的身世表，直到出嫁前夕，我才猛然驚醒……

這就是我妹說的……穿——越——了！

……穿他媽的頭啊！都是那兩個混帳！現在我真的要嫁掉啦！

強烈恐慌後，我漸漸鎮靜下來。瞧著穩穩站在地板上的兩個腳丫子……覺得什麼都能忍受。不過就是嫁人嘛，不過就是嫁給古人……有啥了不起？我倒在病床看著窗外時，不就只有這個願望嗎？還說啥都能夠忍受。

雖然我沒有經驗，不過誰沒有第一次。再說，這屋子的女人都討厭我，不如去新環境來個好的開始，馬上成功一半。

至於壞的開始該怎麼辦……我想起碼也還有一半機會，情形不會比倒在病床等死更壞。

我真是個樂觀向上的好青年哪！

第二章

我嫁人了。

真沒想到還有嫁人的一天……還是在大明朝嫁人。但別問我婚禮怎麼樣，你有本事頭上蓋個紅布，像個瞎子還能知道自己婚禮實況，我就佩服你。我還沒學會那種天元突破的最高境界……等我會了，會記得實況轉播。

總之，我就是跌跌撞撞的讓人牽了一天，叫我做啥就做啥，然後到了新房，完。

是的，我沒看到我的丈夫……事實上，他根本沒出席。倒不是他逃婚了，是有個「逃」沒錯，不過他逃的是閻羅王的追捕令，讓我分外有親切感，覺得是同道中人。

好的開始。最少我對他開始有親切感。

據說我的丈夫是個身體很弱的人，從小就身體不好。長大是好點了……不幸出了意外。總之，他被迫截肢，在這種年代截肢等於死，何況一個身體不好的人。所以緊急替他娶了個老婆，美其名為沖喜。

若是娶老婆就可以預防感染，真的該發個諾貝爾醫學獎才對。

我嫁進來的時候，正是他彌留的時候。醫生說是生是死，就看今夜。我？我覺得還好啊。若是他活下來，殘障人士脾氣不好，也打不著我。脾氣好，我還能跟他當個朋友，大家湊合。若是他死了，我剛好在這家當個白吃白喝裝悲傷的寡婦，只要別動我的腿（幸好這時代很先進的沒有纏足），什麼都好商量。我是很隨和的。

但之前那位「林巒姑兒」女士似乎不是。她的丫頭說她「極有主見」（我看是叛逆期過剩吧？），知道要把她嫁給王家要死不活的三公子，換她尋死覓活。先是絕食（難怪會餓得像根筷子，害我之後大吃大喝傷了胃），然後上吊。

當然還有些風言風語背著我講，都欺負我不會說這兒的話。可我聽力極好，只是舌頭不大靈光而已（躺在病床上也只能豎起耳朵），又不是英語，語系相同，看電視劇看到能聽廣東對話，瞧我是怎樣的語言天才（雖然張開嘴一句都說不出），我偷聽到最後斷定了，林蠻姑兒女士還是個走在這個時代尖端、爭取自由戀愛的小姐，至於她愛的對象呢，似乎是個唱戲的。

不過那跟我沒有關係。一個從小病到大的人，就會知道世界上第一重要的是「健康」，第二重要的是「健康」，第三重要的……還是「健康」。

我光煩病身拖累家人，背負太重的親情債，就已經覺得很累，哪有心情去想愛情。也不是沒試過，我最健康的那段時間，小小的談了次戀愛。等知道我的病況之後，對方非常果決，當機立斷，馬上鳴金收兵，頗有大將之風。我很欣賞他的果斷，也沒有生氣，搞得大家很淒美，痛不欲生，何苦又何必……

我是那種痛到發瘋，還可以看著電視哈哈大笑的樂觀女青年，我媽稱之為沒心肝。我就討厭淒風苦雨，好像人生不夠短，得浪費時間在哭哭啼啼上面似的……（太好了，我又離題八百里遠）

總之，我抱著愉悅的心情嫁進了王家，除了對冗長的婚禮有些不滿外，一切都好。管吃管喝，能跑能跳，老公不會打人（也打不著），這長期飯票看起來不壞。而且王家的人對我極好，客氣之餘帶點憐憫。看起來可以混得風生水起了。

洞房花燭夜除了翻身被那個瓷枕磕了兩次頭有點發火——真不懂古人為什麼愛睡這種容易砸破腦袋的枕頭，超危險——搬去桌子上擱著，就很安心的一覺到天明。

第二天我去拜見大嫂、二嫂回來，馬上換了個竹枕給我。瞧瞧人家多好，這樣的人家，我真沒什麼不滿意的了。

*　　*　　*

大嫂顧氏是當家人。王家沒有婆婆，家裡長輩最大的就是這個大嫂。

一見她，我就有好感，是個王熙鳳型的人物。看《紅樓夢》我最喜歡她了，這種人把厲害擺在臉上，好應付。我最怕那種表面上溫柔體貼，私底下告黑狀的護士小姐，所以特別喜歡乾脆的王小姐熙鳳。

因為有親切感，對她行禮就特別親熱，聽我一嘴破碎的方言，到最後連官話都加進來講，她笑了，「妹妹在家都講官話？」

搔了搔頭，「都聽得懂……不太曉講。」

「我倒是官話都聽得懂，但不曉講呢。」她掩口笑了起來，「沒事，咱們家沒那麼大規矩，雜著講也成，慢慢就會了。」她輕嘆了口氣，「妹妹，妳真是福星，可不，嫁過來三叔就緩過氣來了。大夫說，再幾日就穩定了……我事忙，有哪看不到的，妳提我一提。少了什麼，跟我說；婆子丫頭不聽話，跟我講。若沒見我，跟杏兒說也是一樣。」

她沉面，「杏兒，聽到沒？」

她身邊一個漂亮的姑娘福了福，「是，夫人。」杏兒對我笑了笑，「三夫人，只管吩咐。」

我一慌，起身鞠躬，結果夫人丫頭都笑了。「對個丫頭何須如此。三妹妹畢竟還小。」

……是滿小的，十四歲嫁進來沖喜。不過也太誇張，十四歲就會跟戲子談戀愛，算本領了。換算過去才國中生啊……太有本事了。又會談戀愛，又懂絕食上吊，我都在幹嘛呢？真是……

後來我去見了二嫂，這就悶透了。她一直在彈琴，不講話，我聽得想睡覺。

講話輕輕慢慢，頗有催眠效果。我得豎尖耳朵才聽得見她說啥，可見聲音有多小。問我讀過些什麼書，我直言只認識幾個字。問我會不會琴棋書畫，我回答她一樣也不會。

沒多久話不投機半句多，她發現我不是同道中人，就悶頭彈琴。我坐不住，跟我的丫頭白娟很機靈，「二夫人，三夫人早起有些頭暈，想是路途太累。」

「那就不留妳吃飯了。」她淡淡的說，「三妹妹好走。」

我趕緊起身告辭，白娟真是太聰明伶俐了，將來一定要幫她加薪水。

白娟很能幹，什麼事情都不用我操心，個性又活潑，很快的我們就混熟了。

「傳言真不可信。」她笑，「三夫人除了話說得不流利，人這麼好相處，真沒想到。」

「好說好說。」我一整個放鬆下來。「王家是好人家，我嫁過來才是好福氣。」

她驚詫的挑眉，語氣柔軟了些，「三公子一定會好的，夫人放心。」

我心底悶笑，十四歲的三夫人。「吉人自有天相啦。」我笑咪咪的。

直到三天後，我才見到我那缺席的老公……說他「老公」，真把他叫老了。

隔簾我見過王家老大和老二，帥的帥、俊的俊，難怪一大堆小老婆，大概是自動上門來的。賞心悅目可也，但電視上的帥哥我絕對不會去痴心妄想，自找罪受，何況是古人帥哥。

帥哥老公難照顧，我又很懶。

等看到我的夫君，心整個放下來了。五官端正，沒有地方長歪。臉孔帶著病態的蒼白，很有親切感。我想他快痛死了才對，神情還是淡然的。有忍耐力，我喜歡。

而且他的眼睛像小鹿般溫馴，看起來就不是會打老婆的。

簡單說，是個簡筆畫帥哥（稍微捧一下），單眼皮，眉毛細而濃，薄薄的嘴唇可能是唯一的亮點，給人印象不深刻，整體來說就是溫和。

不錯，過關。最少可以培養出病友的戰鬥情誼。

他抬頭看到我，蒼白的臉孔淺淺的浮出紅暈，神情還是淡淡的，朝我點了點頭。

我銜他笑了笑，沒瞧見椅子，就坐在床側。結果一片低低的吸氣聲。

咦？難道我還不該坐嗎？探病不給椅子，莫非還要我站著？

他垂下眼簾，聲音虛弱柔和，「……娘子，等等我要換藥。妳看……」

「誰幫你換呢？」我盡量用最親切的聲音。開玩笑，我可是臥病的老資格啊！「我能幫手呀。」

他愕然的張大眼睛。「傷口不怎麼的……」

「傷口當然不好看啦！」我鼓勵的對他笑笑，「但我不怕的，你放心。這種基礎護理，我是懂一些些的。」所謂久病成良醫，不是蓋的。

大夫邊換藥還邊看我，一臉古怪。我倒不覺得有什麼嚇人……我能邊吃飯邊看CSI，區區截肢……小意思。我在一旁煮布巾，拿筷子夾出來待涼，才遞給大夫。他看我的眼神像是在看外星人。

「三夫人，這……？」

「避免細菌感染……我是說，邪毒。」我盡量翻譯給他了解，「煮過了，壞東西就沒了。拿來擦拭傷口比較不會……呃……化膿？」

他盯了我一會兒，我也看他，兩人大眼瞪小眼。「老夫的手也得煮一下嗎？」他指著鍋子。

「……不用啊。」我開始莫名其妙了，「你用酒精……我想酒就可以了。傷口用酒精……我是說烈酒消毒不錯。」

「三夫人懂醫？」

我咬著唇不敢笑出來，這梗用在這兒適合透了。「略懂。」

雖然不以為然，但大夫還是都照我的建議去做了。我猜是王家給的醫藥費很高，拿人手軟所致。

但等包紮好傷腿後，三公子一直看著我。

我對他笑，倒是笑得心甘情願。那可是痛死了啊，截肢欸！當初我的病剛起時，醫生建議我截肢試試看，我死都不肯。碰破手指頭我就呼天搶地，何況鋸掉一條腿。但他都沒吭聲，只有呼吸粗重了些。這就是久病之人獨特的強悍忍耐力，夠堅韌。

遲疑了一下，他也彎了彎嘴角，對我笑了笑。

因為沒有婆婆，所以不用立規矩。但我是個乖孩子，吃過早飯就會去跟王熙鳳請安，算是跟地頭蛇打招呼。你知道的，越精明厲害的人，越喜歡人家不露痕跡的示忠，因為他們日理萬機，沒空在那兒你猜我猜猜猜猜。

王熙鳳一直很高興，待我也好，吩咐說，「三妹妹還小，別拘著她。嬤嬤也要當主子看，別動不動就甩臉子！」

跟著我的婆子陪小心，「哪能呢？三夫人花兒似的人物，疼都疼不來，怎麼敢無禮……」

花？我想到銅鏡裡的容顏。那跟三公子倒是有異曲同工之妙……就是五官周正，但沒什麼特色。這嬤嬤也真會吹……不過花有很多種啦，喇叭花也是花不是？

王熙鳳果然犀利，我才在腹誹，她就微挑柳眉瞧我，唇間有些笑意。大約是我看嬤嬤的表情洩漏出古怪。

＊　＊　＊

她又問候了幾句家常，管家娘子來等她說話了，我就告辭出去。

既然來到這時代，當然就守這時代的規矩啊。女人大門不出、二門不邁，在這兒遵守起來真是一點障礙都沒有。他們家的那個二門之內……

真是大到讓人腿軟啊～

我開始理直氣壯的逛園子。老天啊！以前只能看著電視流口水，現在我可以親自在中國傳統園林散步啦，還有比這更好的嗎？用自己的腳，自己的腳欸！我連腿疼都覺得好幸福，沒事就盯著自己的腿笑。

「夫人喜歡嗎？」白娟湊過來替我擦汗，「王家的餘沁園，在江浙是很有名的。」

「太漂亮了，我都找不到詞兒說了。」我感嘆。誰知道《紅樓夢》裡的大觀園真有文本的啊……「不過白娟，妳能不能別喊我夫人？一聽馬上加了三十歲。」

她噗嗤一聲笑出來，「我若是夫人的陪嫁丫頭，倒是可以喊姑娘。」

那群女人對我真不好……應該說對蠻姑兒不好。一個人也沒陪來，立馬掃地出門，不知道有沒有撒鹽去霉氣。

「就姑娘吧。若要我喊三公子老爺……我也喊不出來。」我直言。

說到他，我就想起來了。這是我兩輩子裡第一份工作、第一個老公啊！所謂第一次彌足珍貴，我得幹好這份工作，才能保證長期飯票哪！

白娟輕輕的說，「蠻姑娘……我是真心把妳當姑娘的。難得妳我投契……」

「是啊，我什麼都不懂。白娟，沒妳怎麼辦？」我哪知道一個人就得住一個院子，大大小小加起來十來個人，光分配工作就暈頭轉向了，還有什麼月錢吃飯的。若不是白娟打理，叫我來只能一翻兩瞪眼。

白娟只是笑，我屋裡的小丫頭慌慌張張的跑過來，跟白娟請示，都早上第幾起了。「以後妳不用跟著我了，我也只是逛逛園子，哪能丟了去。屋裡離不了妳呢。」

轉頭看到幾枝海棠開得很美，「這能摘麼？」

「姑娘要簪花嗎？」白娟走過來就要摘。

「不不，我要插瓶。」我阻止她，東張西望看了一會兒，「哪裡可以借個剪刀，直接折，傷筋動骨……」

她笑著吩咐小丫頭，不一會兒，就剪了幾枝海棠，嬌豔得非常可愛。

「我去探望三公子，妳們就不用跟了。」白娟搶了幾步，我轉頭詫異，「我認識路呀，不就前面而已？屋裡很多事在等妳呢，白娟。」

她猶豫了一會兒，用帕子掩嘴，「……蠻姑娘，見過三公子了，覺得……怎樣？」

我想也沒想，「很喜歡啊，他很有毅力、很能忍耐的。攤到這樣老公……我是說相公，真是前世燒高香。」尤其是王家又舒服，可以安心當米蟲。

她的臉騰的一下就紅了，羞得吃吃笑。「那……那我就回房了。要回來的時候，差人來說，我再去接姑娘。」

……古人真是含蓄。當事人不臉紅，旁邊看的倒是羞到不行。

但我要對一個小孩子害羞……有難度。三公子據說大我（的身體）四歲，今年不過十八少年郎。我在那邊都快二十五了，你瞧瞧這年齡差距。換算過來，也不過是大一生。你想想，一個社會人士對大一生要嬌羞……我都起惡寒了。

嬌羞可免，但「三夫人」還是得當是吧？再說還有誰比我更了解病人的心情？既然我不想被炒鱿魚（出去我能幹嘛？這兒待得多舒服），那就幹好這份差事。

再說，年輕的肉體啊～可愛的小男生～多培養感情是沒錯兒的。瞧，我多會給自己開解啊，心理素質這樣堅強，我真是越來越佩服我自己了。

跨進院子，我很規矩的問三公子方不方便見客。結果把外面的婆子丫頭嚇了一大跳。她們古怪的看著我，就有人進去問了。

「……三爺請夫人入內。」丫頭福了福，好奇的看著我。

「謝謝。」我點頭，抱著那幾枝海棠進屋了。

屋內昏暗，空氣裡充滿薰香也掩不住的病氣。這氣味，很熟悉。我在這種病氣中躺了大半輩子，想到就悲從中來。三公子半躺半坐在迎枕上，轉臉看我，也不講話。

有點尷尬，我還是福了福，「……夫君。」馬上被自己雷翻，雞皮疙瘩落滿地。

他又看了我一會兒，露了點笑意，「娘子。」

就沒話了。我咳了一聲，「這個花……能不能找個瓶子給我？」馬上有丫頭接了過去，插了瓶抱著看我。

「那個……」我指了指離床最近的桌子，「請問，可以放那裡嗎？你一轉頭就可以看到。」

他一直維持著的淡然被打破了，大睜著眼睛。那表情真是可愛透了啊啊啊～那完全是純潔正太表情啊～～

我幾大步走到床前，一屁股坐下。可愛啊可愛，原來簡筆畫帥哥愕然的表情，這樣正太、這樣可愛啊～

他的臉紅了！啊啊啊～怎麼可以這麼可愛～好想撲上去捏他的臉啊～以前只能看著漫畫流口水，現在就擺著一個合法合理，除了年紀超齡以外，可以垂涎的乖寶寶正太，再一次的，我感謝上帝啊～

他垂下眼簾，蒼白臉孔的紅暈更深了一點，「娘子……送我的？」

我終於從「正太妄想」中清醒過來，大咳一聲，「嗯。看點鮮活的植物，心情會比較好呀。以前一片葉子我都能看好久，有時候很痛，就會專注的看擺在床邊的花……但是病久了就沒人送了，有時候會渴望人來，不是希望有人看我，是希望送花來……」我滔滔不絕的講了又講。

我對這種饒舌歸類於「久病長舌症候群」，病名當然是我瞎掰的。當你病到百無聊賴，又只能困在病床。又怕多說讓家人擔心，就會開始對自己說話，越說越囉唆，越說越聒噪，滾滾滔滔，沒完沒了，不然何以消長夜？

現在身邊有個人聽我講話，更是口若懸河、滔滔不絕。從花講到屈原（？），又從屈原講到關東三寶（？），等我講到烤秋刀魚的時候，丫頭猶豫的打斷我，問三爺要不要傳膳了。

這才驚覺已經中午了。

不好。看到正太病友太興奮，忘記控制我的長舌。我一定聒噪得煩死他，起頭就得罪老闆，日後恐怕不太好過……有沒有補救機會呢……？

「把夫人和我的膳都傳上來。」三公子淡然的說，他露出必殺的正太微笑，純潔、沒有機心，配合那恰到好處的紅暈啊～「抹了鹽以後呢？」他問，「魚還在等著烤啊。」

我馬上烤得一嘴好魚，保證聽的人垂涎三尺。那當然，我媽說秋刀魚太毒（？），不給我吃。吃不到的怨念就讓我在想像裡烤了上千條秋刀魚了。

不過這招害人害己，饞得我快餓死。等午膳端上來我立刻埋頭苦幹，連吃了三碗飯，旁邊的ㄚ頭都看傻了。

三公子吃飯超安靜斯文的，就喝了一碗粥，挾了幾筷子的菜。

「吃太少了。」我正在跟第三碗飯奮鬥，「這樣對傷口癒合不好。」

他失笑，「……昨天我只吃得下三調羹。拜妳的秋刀魚所賜，還吃完了一碗呢。」

太好了。真沒想到我這麼囉哩叭嗦也沒得罪老闆。「那晚上我來你這兒說佛跳牆。」

他垂下眼簾輕笑。純潔正太的聖母笑啊～人長得帥不帥不是重點，氣質啊氣質，就是那種氣質，表情才能一擊必殺啦！

吃過飯後，丫頭把藥端上來。他的笑收起來，淡淡的說，「藥擱著，讓夫人服侍我喝。收了桌子就都退下吧。」

沒一會兒，屋子裡的人退了個乾乾淨淨，只剩下我和他。我正要端起藥，冷不防他在背後問，「妳是誰？妳不是蠻姑兒。」

我嚇得差點打翻了碗。

慢慢的轉身，我就知道。唉，我會唬爛，卻老學不會說謊。但我沒說謊啊，我跟自己爭辯，這是春秋筆法，師自孔老夫子的。

他盯著我，沒有笑容。當男人的好處之一就是，不用太多美貌，氣質和氣勢夠就成了。剛剛那個羞澀的好寶寶正太，現在就成了面沉如水，日審陽、夜審陰的白臉包公了。若有王朝、馬漢大喊「跪下」，我一定會高捧著藥碗非常俐落的跪下。

「一年前，」他慢慢的開口，明明聲音虛弱，卻有種隱隱的威嚴。大一生啊大一生，這年紀就有這種威嚴，將來怎麼好唷……

「我和蠻姑兒見過一面。就在這屋裡。」他指了指窗下，「她坐在那兒，一直用手絹掩著鼻子。我還記得她的眼神。」他的眼神慢慢淡漠下來，「她希望我早點死。」

「我可沒這麼想！」我衝口而出。

他的眼神稍微回溫了些，依舊很有威嚴，「所以，妳是誰？是蠻姑的姊妹？她不願出嫁，所以妳代替她？」

這解釋起來很長，你有一生的時間聽我說嗎？呃，現在不是玩《人間四月天》的時候。想了想，我決定先把後果搞清楚，「萬一是呢……？」

默然片刻，他語氣很輕的問，「妳真的願意，嫁……嫁入王家嗎？」

……我人都在這兒了，難道可以退貨？就算退，那些女人也不要啊！而且兩相比較，張牙舞爪的貴婦和好寶寶正太（？），正常人都可以優劣立判吧？

「你很可……」我趕緊把「愛」吞進肚子裡，「你很好的。我是真的願意嫁給你。」將來打架絕對贏，兩條腿絕對贏一條腿。但我也更好奇了，「三公子，你還沒回答我問題呢。」

他反而立刻丟兵棄甲，臉紅過腮，死撐著的威嚴搖搖欲墜，聲音不穩的說，

「當、當然是，問準了妳的名字，好在祠堂改名……」

他實在說得太隱諱，害我想了好一會兒才恍然大悟。就是，他不排斥我嫁給他，甚至還要把我正式的名字更新到族譜裡去。

呆了一會兒，我反而沮喪起來。他真是個好寶寶，萬一我說了實話……但又不想騙他。

「我若說了，你可能會連夜把我趕走。」我直接打可憐牌，「可我什麼都不會，你趕走我，我就只能去討飯了。」

他的神情稍稍鬆弛下來，「不管妳說什麼，妳都能留在王家。」

「……三公子，你看不看傳奇話本？」我小心翼翼的問。

他疑惑的點點頭。

我很沒創意的，說了「唐御妹跌死花陰」的舊典。借屍還魂的傳說，自古就有。古人應該比較能接受……時間的問題，都怪那對（消音）男女，以後有機會再想辦法說明好了。

這畢竟是個深奧的哲學糾纏科學的問題。

他專注的聽完，卻問，「那劉全為什麼要到冥府送瓜果？」

……這個好像不是重點。「這是個話本故事，很長的。以後慢慢說給你聽。」三年《西遊記》不是看假的，不敢說倒背如流，按大綱說說還沒問題。

「妳要記得說給我聽。」他滿意的點點頭，「妳……把手肘給我看一下，右手。」

我把袖子拉下來，才發現手腕下外側有個銅錢大的紅斑，應該是胎記、雀斑之類。他仔細看了一會兒，嘆了口氣，「她掏手絹兒時，我就瞧見了。那……蠻姑去哪了？」

我也跟著嘆氣，「這是個哲學性問題，值得深思……但我只能說，我不知道。」

「妳呢？妳是誰？來自什麼地方？」

「吳安平。」我悶悶的說，「來自非常、非常遙遠，遠得要命的地方，遠到我不知道如何說才好。跟你們這兒，非常不一樣。」

終於說出來了。不知道會得個什麼樣的判決。希望不要太慘……為什麼我就

沒能好好學會說謊呢？但說一個謊，要千個謊來圓，委實浪費生命啊～

「我還是喊妳蠻姑兒好了，省得讓人知道。」他的聲音很溫和，我猛然抬頭，好寶寶正太又回來了，充滿神聖光輝的聖母笑。

哈里路亞！他居然願意庇護我！心底正充滿聖歌的詠嘆調，他轉頭，看著桌上的海棠。「妳前生……也生過病？」

心底微微酸楚，我點頭，「嗯。一種罕見的怪病，從腳趾頭開始硬化……到我來之前，硬化已經到腰了。」

「不能走？」他的聲音很輕。

「不能。」我也跟著黯淡下來。

「……多久？」

「七、八年吧……誰記得。那也沒什麼好仔細記的。」

他轉眼看我，認真的問，「妳是因為絕望了，才借屍還魂嗎？」

「不是！」我雙眉一豎，「我只是倒楣，非常非常倒楣！關我什麼事情啊!?……你說說看，為什麼別人搞愛恨情仇，倒楣的卻是我這跑不了的鄉民？天理何在啊?!……」

那碗藥都涼透了，三公子才將它喝掉，裡面不知道有沒有我口沫橫飛的口水。但我一點都不歉疚，因為這位擁有聖母笑的正太，聽了我悲痛的穿越史，居然笑倒在迎枕上，頻頻咳嗽，差點一口氣上不來。

你看過有人笑到睡著的嗎？我真是悲憤莫名。我慘痛的血淚被人當什麼了呀～

氣得我出門蹓躂到差點晒暈，才悶悶的回房去。不是秋天了嗎？怎麼還這麼熱，連天都反了！

大概是走了一天真累了，回房我就歪著睡著，連鞋都沒脫。等我被搖醒，不但好好的躺在床上，鞋子當然也脫了。生於憂患、死於安樂。我再這麼安樂下去真的會腐敗而死。感嘆歸感嘆，我還是寧願腐敗夠了再死。

昏昏的張眼，白娟笑咪咪的，「蠻姑娘，三公子差人來喚妳去吃飯呢。」

「他吃飯就吃飯……我要睡覺……」我閉上眼睛。

但腐敗的生活一定有重大的代價。他們不由分說的把我從床上拖下來，一擁而上，梳頭洗臉，穿鞋穿衣，若是可以，他們連廁所都願意幫我上了……可惜這有技術與醫學上的嚴重困難，難以實施。

等我被半扶半拖的往外推，我還是半醒而已。到了三公子跟前，我還有三分睡意。看到他，我馬上拉長了臉。他卻隱隱的笑，「過會兒就上晚膳了……妳要先說佛跳牆嗎？」

我瞬間清醒，摩拳擦掌。讓你笑、讓你笑，看誰能笑到最後。「在我說完之前，別上菜啊。」我笑吟吟的。

他下巴微昂，「好。」

小傢伙，想跟姊姊我鬥?!我桀桀怪笑，施展渾身解數，從食材選擇到出處介紹，完全用日本美食節目作標竿，從烹飪細節到過程香氣，說到成品完成已經過了一個鐘頭，三公子只是臉色蒼白，還算能勉強穩住心神，在旁的丫頭婆子已經兩眼放出餓光，頻頻咽沫，恐怕已經有餓得胃穿孔的嫌疑。

十來年美食節目和數百本美食漫畫的薰陶不是假的！更何況佛跳牆是我不能吃的菜！我早把食譜背爛，在腦海裡煮他三五百遍了！

雖然這招屬於七傷拳，我也內傷到胃都痛死，但看三公子微微顫抖，心底還是大樂。

他深深吸口氣，語氣平穩的說，「上膳吧。」

等菜一擺上，我馬上以餓虎撲羊之勢，火速攻擊面前所有菜飯以療內傷，他喝了幾口粥，雖然優雅，速度可比中午快得多了。

他又說話了，「都下去吃飯吧，晚點再來伺候。」

一屋子人跑得乾乾淨淨，還有人作捧心狀——我想是饞得胃疼，一下子就清場了。

兩個人都專心「療內傷」，我這少女身材只能吃三碗，明明胃是滿的，就是覺得沒飽，但也塞不進去了。

三公子喝完一碗粥，發了一會兒呆，正要喊人，我就接過他的碗，又幫他盛了半碗。

「……聽妳說菜，真是害人。」他細聲抱怨。

我哼哼兩聲，「誰讓你笑我？我那麼悲慘的穿越史……」

他噗的一聲，正站在床邊的我，用臉接受了稀飯的洗禮。他大驚抬頭看我，卻搗著嘴，顫顫的把碗遞出來，一面悶在被裡又笑又咳。

接過了碗，默默的擦了擦自己的臉，我悲憤的仰天長嘯。他在被子裡抖得更厲害，笑得都有點抽搐。

你看看、你看看，這世界還有溫暖嗎？專在人傷口撒鹽！

那頓飯吃了好久。

等奄奄一息的三公子終於停住笑，我正在收碗筷，他有氣無力的說他還要吃粥。

「是噴粥吧？看，噴泉～」我冷冷的說，連說帶比。

他像個提線木偶一樣，又倒在床上動都不能動，只能流淚哈哈。這個樣子喝粥，一定會噎死，我還沒想這麼早當寡婦。

我硬扶起他，讓他靠在我肩膀，一面掰茯苓糕餵他。他閉著眼睛，張嘴就吃了，再不敢說話，吃了一塊半，他就搖搖頭。

「怎麼不笑了？不是牙齒白？笑啊？」我推他。

「別招我……」他又倒在床上發抖，要不是他是男的，我還真以為他是被強搶悲泣的民女。

我把這珍貴的感想跟他分享，要不是他腿還疼，真滿床打滾。

跟姊姊我鬥!?多看幾年電視吧！

第三章

不知道是三公子有被虐狂，還是我太幽默風趣、人見人愛、花見花開，即使常笑到奄奄一息，連苦斷腸子的藥都是笑著喝的，交感神經恐有刺激過度之嫌，三公子還是每天午晚兩餐都和我一起吃，晚飯後還留我說一會兒話。

不過是我單方面說話。

身為「三夫人」，我自我感覺極度良好，非常敬業。我不但天天逗得我的老闆很開心（奄奄一息只是副作用），還讓他多加餐飯，讓王家老大、老二，以至於大夫都非常高興。

而且我「床邊故事」的時光，不但讓三公子聽得全神貫注，屋裡窗外也人滿為患，人人豎尖耳朵，聽我講古，非常得意。

其實很早就有《西遊記》的相關話本，只是都還很簡約，但唐僧和孫悟空很早就有這兩個角色。吳承恩的《西遊記》可不是橫空出世，而是有若干話本可循的。但這個年代，吳承恩還沒出生，《西遊記》還沒問世……讓我當床邊故事講一下，我想吳老先生也不會太在意才是。

每次講，三公子都會說：「說得緩些，別太招人笑痛腸子。」聽聽這什麼話，我是這樣的人嗎？我也就加點油、添點醋，是你們笑點太低，怎麼怪我呢？

大概是笑也很累，三公子總是聽完，很快就睡熟了。我也說得嗓子冒煙，回去泡膨大海保養嗓子，常常喝著喝著就睡過去，結果往往早起才洗澡。

我瞧他氣色一天天好了，就有點疏忽，心底也有點敬佩。截肢的人往往有幻痛，鋸掉的部位還會覺得痛苦不已，這是一種心理作用。當初大夫建議我截肢的時候，我看了很多資料，最後決定不鋸了。因為鋸了也未必能痊癒，不鋸還有個全屍……雖然招罵，到底生死由命，不管了。

但多讀了些知識，雖然也忘了不少，到底還記得這點。

三公子居然沒發作這個，可見心理素質比我還強悍，真是肅然起敬，他笑點太低的缺點，我就不去計較了。

沒想到我錯了。

這天有幾個官太太來府裡作客，剛好是王熙鳳的生日。我雖然外表是個小鬼頭，還是得去陪一陪客，假笑一番。這天的床邊故事就只好暫停了。

等客都走了，基於慣性，我還是繞去三公子那兒走走，婆子正要關院門，看到我，就要進去稟報，我擺擺手，「三爺睡下了麼？」

她遲疑了一下，我就覺得有點不對。這日當月圓，亮得很。我不讓她出聲，悄悄的走到三公子的窗下。

等了一會兒，沒我擔心的狀況發生。正要轉身走人，卻聽到一聲悶哼。像是蒙在被子裡，從牙縫裡露出來的痛聲。

果然。我偷偷摸摸的一路用食指按著唇，不讓丫頭、婆子聲張，摸進三公子的房間。又是一聲，稍微高聲些，帶著顫抖。

走近些，我低聲說，「三公子，是我。」

原本蒙在被裡的人停住了顫，好一會兒才說，「這麼晚了不休息？」

我坐在他床側，「疼吧？」

他沒吭聲。

「腿不在了，還會疼，是很奇怪。」我又說了，「其實這是常有的反應……當初我大夫也要我鋸腿，我看了很多書。」

「……為什麼不鋸呢？」他低低的問。

「因為鋸了也不會好。但你鋸了是會好的。」我靜靜的回答，「我以前疼的時候，叫得更響，還哭呢。生病有什麼不好意思的……蒙著多難過。」

他終於掀開被子，我看他額上滾著冷汗，頭髮都溼漉漉的黏在臉上，很可憐。整個嘴唇都白了，一定是忍受極大的痛苦。

最糟糕的是，痛到這地步，痛的卻是不存在的地方，連緩和的方法都沒有。

我起身，找到溫在爐子上的大茶壺，倒在臉盆裡，挽了布巾，替他擦臉，他小口小口的呼氣，我看他衣服都溼了，就要喚人。他拉住我，「別。」

又小喘了一會兒，「是我不讓他們在這兒的。大夫也說了，這是會有的，讓人給我喝安神藥……但越喝越沒效了，反而不喝更難睡。鬧騰起來，大哥、二哥一定又要找大夫。從小到大，為了我請大夫、吃藥，之後又添了這傷……舉家不安。我忍忍就過了……」

我的心底酸了起來。我也是臥床十年、二十年的人，哪會不知道。真正的苦，是帶累家人，這種身上的苦，能忍就忍了，何必再添人麻煩。

「我幫你擦身更衣吧。」我輕聲的勸。

他沒說話，眼睛漸漸適應黑暗，在朦朧的月光下，他的臉孔漸漸泛紅。

我很鄙視，「小小年紀，就如此邪惡。男人的基因啊，嘖嘖……」

「說什麼呢？」他臉更紅，微怒道。

這一刻，我完全原諒他的邪惡和笑點低了。微嗔的害羞正太啊～讓姊姊掐一下臉啊～

我拍打雙頰，盡量把理性找回來。「你的單衣放哪？」

「……櫃子左下那格找找。」

找出了單衣，我就開始幫他擦身……當然不可能太仔細。只是把大片面積的汗擦乾，不至於感冒而已。讓我有點訝異的是，他居然不像外表那麼單弱，還有點肌肉哪。但我不好意思扒光看有沒有六塊腹肌，我畢竟是個含蓄的正太控。

雖然他很合作，但脫長褲就讓我們累得不輕。他截過的斷肢應該非常非常痛，他咬牙說，「不疼。」

不疼你咬什麼牙？

穿上去以後，我們倆都鬆了口氣。單衣就好多了，但我幫他擦拭手臂時，他輕哼了一聲。

我移燈來看，發現他兩手前臂都是掐痕，有的還見血。

「……誰幹的？」我的火騰的冒上來。

「是我。」他輕聲笑，「我自己。疼得受不了的時候……這樣會好點。」

「你的丫頭那麼多，都擺設啊！」我心疼起來，我明白那種痛到恨不能咬自己一口的感覺，我吃了止痛劑還打滾，這沒止痛劑的時代怎麼辦？「也不上點藥……」

他靜靜的呼吸了一會兒，「就算擦身，我也堅持自己擦手臂，掙得起來穿衣，我也盡量不讓人看到、碰到……」

一種奇怪的尷尬和曖昧的氣息，突然冒了出來。是說您這位「獨行公子」、「簡筆畫正太」，能不能不要有男人邪惡的曖昧天賦啊？

但他一抖，又咬緊牙關，額頭的汗冒出來，我就忘了跟他計較。看他又要抓手臂，我握住他的手，眼淚卻差點掉下來。

我很熟這個姿勢。

痛到無可奈何，忍住不敢哭的時候，會緊緊抱住自己。所以他才會掐傷自己手臂。我讓他坐起，讓他的頭枕在我肩上，環抱住他……可恨我這身高實在不夠，讓他得彎腰。

他全身都僵掉了，超可愛的啦～冷靜、冷靜，我是要轉移他注意力，不是要調戲正太……（擦口水）

我學著我媽以前的樣子，輕輕撫他的背。

現代醫學已經發明一種止痛用的電流，就是當疼痛起的時候，會有個儀器輕微電擊大腿神經，轉移注意力，就能減輕疼痛。（大概是這樣，記不全了）

其實不用那麼麻煩，擰大腿也行，但我總不能一直去擰三公子的大腿。還是母親擁有敏銳的直覺，這招千百年來，每個當媽的都懂，卻不知道為何有效。就是抱住孩子，輕輕撫孩子的背，溫暖正面的情感往往可以覆蓋痛苦，而且也是最有效的轉移。

以前，我還小的時候，常常抱著腿哭。我媽就會這樣抱著我，撫我的背，我就漸漸覺得不疼，可以睡了。只是後來我妹出生，為了我的病已經焦頭爛額，又多了個小生命，筋疲力竭的母親實在沒辦法，我也不敢撒嬌。

但我很清楚，這招很有效。完全是使用者見證。

過了好一會兒，他身子一軟，靠在我身上，汗涔涔的額頭不再冒汗，兩個人費力的調整半天姿勢，最後他趴在我腿上，才在他不腿疼、我不腰痛的狀態下，進行止痛大業。

「蠻姑兒，妳怎麼知道這樣就不會痛了？」他的聲音很低。

「我媽……我是說我上輩子的媽，在我小時候就是這樣兒。」我怕他覺得我吃他豆腐，趕緊補一句，「很有效對吧？」

「只有小時候嗎？」他似乎笑了一下。

「長大一點，我媽生了妹妹……我們家不像你們這麼有錢，媽媽要自己照顧妹妹，所以……」我聳聳肩。

「痛的時候怎麼辦？」他輕聲問。

「吃止痛藥。」

「還疼呢？」

「疼痛分級啊。」我笑笑，「每天我都會做疼痛分級。如果今天不太疼，那就是一級痛，疼一點兒，二級痛，依此類推，分成十級。然後就去觀察是怎樣痛啊，試著描繪出來。是抽抽的、跳跳的，還是深深鋸進去……」

他抖了一下。感同身受吧，我想。

「其實人對不懂的事情就會覺得怕。」我安慰他，「怕的時候就會增加痛苦。如果真正去分析，反而不痛得那麼厲害……」

他安靜下來，肌肉放鬆。我想疼痛沒真的擊倒他。我欣賞這種鬥士，因為我自己就是。

「我小時候，」他開口，帶著點睡意，「若是難受，我娘也是抱著我……像妳這樣。」

「她也生小妹妹了？」我很沒腦的衝出這句。

「……她過世了。」

我懊悔的吐血。沒腦子啊沒腦子！王家沒婆婆啊，我怎麼問這麼沒腦的問題！

他噗嗤一聲，「妳的表情很好笑。」

我馬上在他背上擰了一把。可恨居然硬到擰不動。

「我身體不好，從小就練武……」他輕笑，「不然哪能活到這麼大。妳力氣那麼小，不疼……」

我懊悔了，做什麼跟個病人計較。又更輕的撫他的背。「你早知道這樣就不疼，為什麼還掐自己？」我有點不滿，「你們家那麼多人……」

他又笑到發抖，「我能叫誰？」

「你那麼多丫頭！」我都認不清誰是誰了，花枝招展的。

「那明天我就得收房。不想收。」

「……那小廝？」

「明天全江蘇都知道我有龍陽之癖了。」

「奶娘總行了吧！」

「明天她就會要我安排她兒子、女兒、親朋好友到某某莊子或鋪子撈錢。」

……超可憐的。滿屋子的人，居然來個幫他拍拍的都沒有。

他沒開口，也沒睡。但我覺得有點不對。因為他趴在我大腿上，一隻手抓著我的衣角，另一隻手……攬著我的腰。

你說男人這個惡劣基因怎麼辦才好，怎麼這點年紀就這麼邪惡又充滿心機呢？他這不是要逼我說，「沒關係，我會幫你拍拍，別擔心愛你唷，揪咪～☆」

「睡你的吧。」我沒好氣。

結果我反而先睡著了，還趴在他背上流了一灘口水。

＊　＊　＊

我趴在三公子的背上睡到天亮，在王家引起冷調奢華的轟動。

說冷調，是因為每個人都很冷靜。不管是三公子的婆子丫頭，還是我的婆子丫頭，應該說舉家上下都很冷靜。三公子不准人叫醒我，讓我趴在他背上睡到自然醒……相對於我面對滿屋子等著伺候的丫頭的震驚，連三公子在內的每個人，表情都超級冷靜。

說奢華，經過這事兒以後，禮物像是下雨一樣扔下來。件件昂貴，每每誅心。看得我冷汗直流，眼眶含淚。我錯了，王家沒個好人。他們誤會我這小蘿莉（就算只有身體）被小正太（委實有點超齡）吃了，所以個個慷慨解囊，人人奮勇爭先。

等王熙鳳搞清楚啥事也沒發生（是說你們有沒有人性，他的腿才截多久啊?!），非常當機立斷的要我搬去三公子的葳蕤院，並且親自指揮。

這年代就流行幼馴染（日文，青梅竹馬之意）嗎？王家果然沒一個好人！

等我苦著臉進了三公子的房間，他看著我，居然有點哀傷。「……如果妳不願意搬來……」欲言又止，淚光閃閃，很完美噙著憂傷又寬容的笑。

停停停！這年代不時興「好可憐」攻擊啊！尤其是含淚聖母笑正太……

「我沒不情願。」我垂頭喪氣，「只是，三公子，到今天我還不知道你的名字。」

說起來悲憤莫名。抱也抱了，摸也摸了，也讓他癱軟無力過（笑的，你們在想什麼……邪惡！），但我居然……還不知道他的名字。

他微張著薄薄的唇，驚愕的看著我。明明不是多帥的人啊，為什麼有這種終極絕殺正太表情……

「……我姓王。」蒼白的臉孔慢慢紅了起來。

廢話！

「名柏隱，字仙心。」他小小聲的說，垂下眼簾。

「那我該叫你柏隱還是仙心？」我問。

他居然別開頭，耳朵紅得發軟。我說你這個臉皮怎麼突然厚、突然薄，這樣我不適應啊！

「仙心好了。聽起來很飄逸。」我當機立斷。

等了半天，他才小小聲的嗯了一聲，臉還是沒有轉過來。

我突然發現一個事實。三公子王仙心是個腹黑傲嬌。如果我節節敗退，東躲西藏，他的腹黑屬性就會百分之百上升，傲嬌屬性降低到等於零。如果我勇往直前、義無反顧……情形就相反過來。

這個事實讓我心情大好，立刻踢掉鞋子爬上床，他嚇了一大跳，「妳、妳做什麼？現在我可……不疼……」

「我又不是你的止痛劑。」我大剌剌的說，怪笑著摟住他的脖子，在他耳邊用最甜膩的聲音喊，「仙心～」

別說他抖了一下，我自己抖得更大。

……不行。聞道有先後，術業有專攻。我不是這塊料。這不是七傷拳，而是法術反彈，殺敵一萬，自損一萬五。

我倉皇滾鞍下馬……下床，但腳還沒著地就讓王仙心小弟弟撈回去。完了。雖然我料敵甚準，但我實在不是那塊料啊～

他乾脆半壓著我，嘴都快貼在我耳朵上了，「安平……我記得妳還沒有字對不對？」

我慘叫，「你說話就說話，別往裡頭吹氣呀～」

他居然很故意的貼著笑起來，這不是吹更大嗎?!

「字琳琅，好不好？跟妳笑的聲音一樣……」他聲音很低很低……這年頭的小孩怎麼這樣，基因太不好了！

「都好、都好，放開我呀～」我只能繼續慘叫，雞皮疙瘩已經快滿出來了。

他是放開我了，但放開我之前，咬了一下我的耳墜子。等我暈悠悠的滾下床逃跑時，不但忘了穿鞋子，臉孔應該跟茄子的顏色相當。

他居然在我背後笑得挺開心的。

我決定午餐要延後兩個小時。這次我要開講滿漢全席……

*　*　*

滿漢全席雖然只講了三個菜，但能熬出仙心小正太的青筋，欣賞他怒吼著，「上膳！」的表情，沒說完也就罷了。

他甚至餓到放棄了稀粥，滿滿的吃了一整碗的乾飯，還吞了兩個他不太喜歡的甜食。可見我「說得一嘴好菜」的功夫如何登峰造極。

至於其他人極度幽怨的眼神，和我餓到胃抽筋的痛苦，我決定視而不見。

「哼哼。」我硬塞了一個仙楂糕。幸好這身板之前差點餓死過，有很多吃飯的空間，不然我會肥死。

仙心公子已經恢復淡然的神情，正在喝茶，聽到我哼笑，眉也不抬，閒閒的說，「晚上繼續。」

「奉陪。」我也端過茶來，喝得太急，燙得眼淚直流。正惱羞成怒，仙心公子轉頭，肩膀微動。氣得我直磨牙齒。

等他喝過藥，背著我躺下。突然說，「來午睡吧。」

不騙你，整個屋子響起一片吸氣聲，雖然個個細微，但匯集在一起就挺驚人的。

我開始納悶，白娟的情報是否有誤。白娟明明說，三公子非常潔身自好，和他那兩個風流到翻過去的大哥不同。不說他未曾傷腿時，在外念書嚴肅安靜，在家跟丫頭也保持非常遙遠的距離。甚至有人推測他可能是身體太弱，所以這樣那樣……

但我想到他會咬我的耳墜子和種種腹黑行為，我可不太確定。

「琳琅。」他依舊背著我，卻喊了一聲。

白娟已經非常自動自發的來幫我解髮髻和脫外面大衣裳，整屋子的人如退潮般急急敗走。她幫我把首飾收起來，像是後面有怪物追似的跑了，邊跑肩膀邊抽動。

王家，的確沒有半個好人。全都是屬墨魚的，我真是可憐。

我悶悶的脫了鞋，爬上床，放下床帳。貼著他的背側躺。正朦朧欲睡，卻感到他慢慢的翻身，把手擱在我腰上，輕輕的咬我的耳墜子。

「……你那麼喜歡我的耳墜子，送你好了。」我硬著頭皮說，「但別吞下去了。」

他又開始發抖，叼著耳墜子，一下下輕輕扯著我的耳朵。終於，他放開了耳墜子，把臉埋在我的後頸窩，輕笑說，「要戴在妳的耳朵上才喜歡。」

我乾脆轉身，和他面對面。他眼睛並不大，但很亮，在蒼白的臉孔顯得很惹眼。他對我一笑，兩個眼睛瞇成兩彎月牙……

讓我死了吧！這叫姊姊怎麼控制得住啊～

動作比意識快，我已經擰了他嫩嫩的臉。手感真是好啊～吼吼吼～

他張大眼睛，一臉愕然。我對這種表情就是沒有抵抗力啊～心都融化了，多純潔的表情啊～

一時煞不住車，我衝動的把他的頭抱在胸前，「太可愛了啦，好可愛、好可愛～姊姊疼你，怎麼這麼可愛啦～」

他掙了一下沒掙開，就放棄了。他反身抱住我，埋在胸口笑，模糊的說，「還姊姊呢……什麼可愛……琳琅妳真是怪，老說怪話……」

笑了一會兒，他慢慢安靜下來，呼吸勻稱。我也打了個呵欠，閉上眼睛。

第四章

有段時間，我覺得我像一頭豬。

吃飽睡、睡飽吃，只有上午會出去跑跑，美其名是替仙心摘花，其實入冬了，哪來的花。只是難得能用自己的腿，不走走跳跳總覺得很虧本。就算是下了雪，我還是非常有毅力的離開溫暖的屋子，到處走走踏踏。生活在亞熱帶，雪對我是很希罕的玩意兒……

（別跟我說冷凍庫的霜，那是兩回事好嗎？）

每次近中午回來，就算沒有花，也會有草葉樹枝交差，不然也有一兩個我覺得很好看的石頭。仙心總是會笑（他越來越愛笑），然後慎重的把石頭收在床頭的櫃子裡，沒事就拿出來和我一起把玩。

剛下雪那天，我興致勃勃的捧著一個雪人回來——很小的一個。雖然很快就化了，他還是摸了摸，「好久沒摸到雪了。」非常驚喜。

每次他這樣，都會害我一陣鼻酸。

他跟我是一類的人。都是那種想盡辦法，不帶累人的活下去，泰然面對疾病傷痛。這就是心理素質上佳的好青年啊！但他比我還慘。我雖然是躺在病床上，最少還可以看電視，也能看窗外的車水馬龍，生活不算太靜態。

他卻關在昏暗的病房裡，連玻璃窗都沒有，長年和陰滯的病氣一起。如果是我，早就鬧革命了，寧可得肺炎也要坐窗邊看看。但他卻沉默忍耐的待在陰暗的病房裡，默然熬著天明，又熬著天黑，唯有痛苦相伴。所以我除了上午出去跑跑，中午以後就乖乖陪在他旁邊。

說起來，我是自命為高等看護——高等而生活腐敗的看護。像是抱他去洗手間，幫他洗澡這種重勞動，自然有一大堆人搶著做，我需要做的只是陪他吃吃飯，說說話……他堅持是說說笑話。其實我哪有！是他笑點太低，卻賴我是會走路的笑話，你說說看啊，這還有天理嗎?!

咳，抱歉，我又離題了。

總之，我的工作很輕鬆，不過就是陪吃飯、陪說話，陪他睡午覺和晚上那一頓。但真的是蓋棉被純聊天，根本就不邪惡好嗎？你也想想他才截肢多久，換藥的時候，偶爾還有那癒合不好的地方會滲血水。這種樣子要求他做些什麼那個也太誇張了……

但我只是做這些沒什麼的工作，就可以讓他高興很多。他大哥、二哥來看他，總是眉開眼笑，說早就該把弟媳娶回來了。

聽得我汗出如漿，怕人看出我心懷鬼胎。其實是我被純潔正太迷得頭昏眼花，口水直流，我動機不純哪～

每次我這麼說，仙心就會背臉過去笑。他已經套出「正太」是什麼意思了，常常刺激我，說我對小男生流口水，其心可議。

有回我靈光一閃，非常敏捷的反擊，「我可只對一個正太流口水，那正太還超齡許多哩！」

他馬上語塞，一直紅到耳朵，好半天沒講話，羞得不敢看我。

是吧，是吧，真傲嬌無雙！

就算是一起睡覺，他頂多咬咬我的耳墜子，啃啃我的手鐲，連手都是規規矩矩的擱在我腰上。（雖然我覺得這個啃東西的習慣很奇怪……）其他什麼都沒有，跟他睡覺很安心，而且滿暖的。

冬天本來就是一個對傷創來說有利的季節。這個季節比較不容易感染，或許是因為他胃口好多了，能吃能睡，傷創癒合也快了起來，身體也強健些。連幻痛的發作都越來越少，我都開始畫圖請工匠打造輪椅了，或許春天來臨，我能推他出去散步……

但冬天也是一個陰鬱的季節，對心理健康很不好。陪伴也不是萬能的，那天深夜仙心幻痛發作的時候，他沒有心理準備，猛然痛醒，又不敢吵醒我，只能死死的將額頭抵住我的手臂。

等他的冷汗驚醒我的時候，已經不知道他痛多久了，身上的單衣幾乎都溼了。

「為什麼不叫醒我？」我又驚又怒。

他搖頭，死死的咬住牙，全身都在顫抖。我很難過，真的很難過。我想起許多夜裡，我痛醒過來，爬著找止痛藥，抱緊自己死熬的情景。那時候我希望怎樣的擁抱，我現在就怎麼擁抱仙心。

畢竟這個身子個子太矮，我只能讓仙心靠在我的頸窩，穿過他的頸下，另一手撫著他的背。他緊緊的抱著我的腰，只敢抓住衣服，因為上回他抓破我的手，傷心很久。

聽他牙關發出輕輕的「嗚」，我真的眼淚都快流下來了。

「沒關係，你哭。」我小小聲的說，「我誰也不告訴。」

他抖了起來，深深的吸氣，小小口的。模模糊糊，極細聲的說，「……痛。」

「我知道，我知道。」我喃喃的說，「多痛我知道。」

讓我們這種人能開口說痛，多麼不容易，多麼艱辛。我十六歲以後就沒跟我媽吭過聲。問我都永遠說「還好」，即使我痛到已經在撞牆了，撞完我也說「還好」。

他劇烈的抖起來，我猜他是哭了。讓我們這樣的人哭……要放下多少信任才能對人哭啊！

害我也哭了。他抬頭看我，真是相對無言，唯有淚千行。等他又重新繃緊，痛起來的時候，他突然逼近我，把唇壓在我唇上，微張著嘴，像是要對我呼救。

該死的是，我的接吻經驗只有一次，感覺只有「噁心」。現在可好了，我開始後悔怎麼沒多談幾次戀愛，現在可是書到用時方恨少……好，我知道這個成語不是這樣用，但我腦袋都成漿糊了，你說我怎麼想得起來其他……

極盡我稀薄的記憶（還得排除噁心的部分），我試著把舌頭伸進他嘴裡。長年喝藥，他深染藥氣，所以我沒覺得噁心，只有點微苦的藥味。

接下來就不用我再想什麼了。他差點把我舌頭吞下去，還壓到我身上，全身發燙，我都擔心他發燒了，手緊緊的捧著我的臉，這傻孩子還不知道要閉眼睛（是說我怎麼也沒閉啊？），其實我想他也什麼都看不到（這麼近，鬼才看得到什麼），像是用全心全意在接吻，而且幾乎是在我身上滾，我覺得情形不太妙……

他小小聲的啊了一聲，就癱在我身上了。

……天啊！地啊！別這樣玩我！我我我，我沒有經驗啊！現在怎麼辦？怎麼辦、怎麼辦……

冷靜，冷靜。首先是他別著涼了。滿身的汗，需要淨身，不然這種鬼天氣感冒真是雪上加霜……但但但是……

輕咳一聲，「我、我叫人傳熱水給你洗……洗一下好嗎？」

他用力的在我頸窩搖頭，我想他的臉發燙了。這個時候害羞有屁用。

「還痛嗎？」我決定實事求是。

他輕輕搖頭。

……我不知道接吻和……那個，可以止痛。雖然不是跟我那個，不過好像就隔兩層布……幹，什麼時候了，我還在想這個！

「我……」這個高等看護不好做啊……「我幫、幫你，擦身……好嗎？」

他他他……他居然點頭了，還自動自發的滾到旁邊去，摀著臉。

我頹然的坐了一會兒，發現被吻得有點頭重腳輕。一腳高一腳低的去端臉盆，倒水，幸好睡覺前婆子都會準備著。

無語問蒼天。我還真從來沒見過男人的……那個。連A片都沒看過。這就是我第一次的親密接觸嗎？我當初怎麼不看幾部Ａ片壯膽啊……

再次證明，我的心理素質堅強可比金剛鑽。居然可以面不改色的完成整個過程。即使他在我……擦拭「那邊」的時候拚命發抖，我也只有臉孔抽搐了幾下。

孩子，別表現得我正要把你怎麼樣。我才是受害者，好嗎？

還能夠乍著膽子，全身仔細擦拭掃過，才慢慢幫他穿上衣服……和換掉我身上……有灘黏黏的衣服。

「別摀著臉了。」我疲倦的爬上床，「不用燈，我也知道跟茄子同色。」

他用小到不能再小的聲音說，「……對不起。」

我撐起手肘，看著窘迫不安的他，「對不起什麼？」這個鬼時候我居然想到《投名狀》的「對不起大哥，對不起大嫂」，非常不合時宜的哈哈大笑。

他惱羞成怒起來，「不准笑！將、將來等我好了……有、有妳哭著的時候了！」

我很想解釋，但我笑到快岔氣，實在停不住。所謂樂極生悲，莫如此甚。對待一個惱羞的青少年，實在不該這樣。

於是這個剛進化成青少年的小正太，用他剛學會的接吻技巧，讓我好好的把笑聲悶在肚子裡。

真是個悲劇。

第二天起床，我無精打采，全身都痛……最痛的，是我的嘴唇。除了最後一道防線外，能輕薄的，我都虧損光了。

我真想對二十一世紀投書。最需要基因改造的，就是男人。太惡劣了，連清純小正太都這麼黑，其他男人不改造……女人都不用活了。

我的嘴唇被咬破兩處，舌頭也被啃了一下。所以午餐我只吃了兩碗，而且吃得很慢。那個罪魁禍首，卻神情淡定從容的要丫頭拿寒瓜霜過來，「夫人的嘴唇傷了……擱桌上就好，等等我幫她上藥。」

所有人刷的把目光刺過來，我覺得被千萬枝箭洞穿。

記恨太記恨。沒有最卑鄙，只有更卑鄙。

我怎麼眼睛瞎了，會覺得他是純潔天然小正太呢？這根本是黑透了的墨魚腹黑啊！

那天午睡時，的確他是幫我上藥了……但也被他吃光了。還美其名為「塗勻」。全身上下能摸的都讓他摸遍了，要不是他腿還會痛，恐怕早就連皮帶骨的被他整個吃了。

……青少年真是一種可怕的生物！難怪中二病（網路用語，泛指青春期特有的思想或情緒）所向披靡，令人聞風喪膽！

「我虧光了。」雙眼無神的，我喃喃的說。

他很大方，「妳早就把我全身都摸遍了，只能算扯平。」

我勃然大怒，「不然你叫丫頭來啊！你這混帳，人家沒有經驗還逼我……當我很愛看？重點我都緊張到忘記檢查，你到底有沒有六塊腹肌？」

「六塊什麼？腹肌？」他一臉迷惑，非常誠懇的跟我請教。

我好為人師的缺點是沒救了，我口沫橫飛的解釋了健美和腹肌的關係，他聽著聽著，有意無意的問，「妳摸過？」

「怎麼可能？」我白他一眼，「頂多就是電視看看。我倒在病床不會動，難道天上會掉個健美先生下來，讓我好好摸摸胸肌、腹肌長怎樣？……」

他突然綻放純潔無邪的聖母笑，害我忘了底下想說什麼。

但他的行為很不聖母，趁我發呆的時候，拉著我的手，伸到他的衣服底下，按在小腹上，「這兒嗎？有沒有腹肌？」

我只覺得腦門轟的一聲。我還以為他臥床這麼久，應該早就團結成一塊了……看起來肌肉分解因人而異，脂肪累積也人人不同。雖說沒有塊壘分明，但也肌肉緊實，隱隱有些稜角。

「不是這裡？」他又露出更可愛的笑容，卻把我的手緩緩往下拉……

「住手啊啊啊啊～」我終於慘叫出聲，「你也洗個澡，不然也重點複習一下～」

「我每次解手後都會淨一淨的。」他泰然的說，和我開始拔河了。

我想一定是我腦筋短路，才會突然生氣起來。「……誰幫你淨的？丫頭吧？那你去找她摸啊，找我幹什麼?!」

發完脾氣，我們倆大眼瞪小眼，我只覺腦海一片空白。我是白痴啊？我說這幹嘛？我生什麼氣啊？

他瞪我瞪了一會兒，「……我都是自己動手的。」幹！你跟我說這幹嘛啦?!

一疏神，我的手就讓他拉過去……

第五章

那天午覺，我等於沒睡。我終於知道，為什麼我老妹說到「觸手系」會露出曖昧的笑了。

我的手不知道會不會爛掉。理論上應該是不會……不然小孩子怎麼來的？不過我理智上明白，情感上不怎麼明白。

我們那位外觀純潔、淡定，貌似正太的腹黑墨魚君，正帶著意猶未盡、暫時饜足的神情，用昂貴的絲綢被子幫我擦手，「等等要叫他們把被褥都換了。下回……」

「沒有下回！」我厲聲，但聽起來很虛弱，我的臉孔已經可以煎蛋了，羞愧的想跳入雪堆把自己埋起來。他貼著我的耳朵笑，又輕輕叼我的耳墜子。

不行，這樣太墮落、太腐敗了。一定是成天混在一起，心靈上沒有得到正面的薰陶，所以才越來越往傷風敗俗的方向沉淪而去……

我嚴肅的去他的書房搬了一堆書回來，決定提升道德修養，從讀書做起。

我不再講《紅樓夢》（《西遊記》早講完了），改念《四書》給他聽。《論語》和《孟子》算熟悉，就算沒標點符號也勉強可以，雖然常常被他糾正。但《大學》和《中庸》就讓我陣亡了，我念一行要被糾正三次，他乾脆背給我聽。

……我沒想到這樣腹黑心機、滿腦子黃色廢料的死正太會這樣倒背如流。

「妳不知道我是秀才嗎？」仙心的表情更驚訝，「兩年前我還通過科考，一等頭甲。」語氣有些黯然，「但這功名……大約保不住了。」

「啊？」我被這件事砸矇了，「不是考上了？為什麼會保不住？」

原來大明朝的秀才其實稱為生員。每兩年要考一次，不及格就要除去功名。兩年前，成績優秀的仙心參與科考，得到一等頭甲，王家舉家歡騰，因為王家一直都是商家，總算出了個有功名的讀書人，成績還拿到頭甲，舉人資格簡直是唾手可得。

但所謂樂極生悲，仙心返家的時候，搭馬車經過一處山崖，碰巧遇到地震，山崖坍塌，馬死車翻，等把奄奄一息的仙心拖出來的時候，他一條小腿已經砸爛

了。（應該是複雜性骨折）

雖然百般醫治，但這個時代的醫療水準還待發展，外科更非所長。拖了一年多，小腿已經萎縮發黑，命在旦夕（敗血症吧？我想）。要不是遇到家裡長駐的大夫有膽識、有經驗，大概截肢也要了他的命。但這個大夫也算超時代了，還知道從膝蓋著手，這才保住他的小命。

但傷到這地步，要入闈考試真的有困難，所以他才這樣黯然神傷。

「……當官也沒什麼好的。」我有點尷尬。這種事情離我太遠，不知道怎麼安慰。

「我不是想當官，只是想考個舉人。」他輕輕嘆氣，情緒很低落，「我出生就不足月，簡直是藥汁兒吊著養活的。讓父母操碎了心，哥哥們也滿天下跑的尋名醫、找珍貴藥材。花的金子，打也打出三個我了。我對家裡唯一能報答的，只有好好念書，考個功名，好給王家有個倚仗……」他語氣漸低，望著自己的殘腿不語。

默默坐在他旁邊，我心底很難受。早知道就不要搬這些書來讓他傷心……但我想，聯考都能保障殘障學生的公平應考，難道科舉不行？

白傷心也沒有用，試試看嘛。就算不行，最少努力過了。

「你文章寫得很好吧？都能考上第一名了。」我問。

「尚可。」他淡淡的說。

「那你為什麼不寫個信給上面的，說明你身殘志不殘，暫時請假，傷癒就要去考呢？難道大明不許鋸過腿的考科舉嗎？」

他猛然轉頭看我。

我繼續說，「當官可能有困難，但是你只是要證明實力，考個舉人資格而已。好好包裝，這很勵志欸……呃，就是一段奮發向學的佳話。我文筆不好，唬爛不了，但我想你文筆應該不錯吧？……」

他的臉上，泛出充滿希望的光。讓我覺得心酸又驕傲。怕他希望太高，失望更大，我忙說，「當然不一定會成，萬一不成……」

「最少我努力過了。」他秀氣的眉堅毅的擰起來，「來人！我要去書房！」他轉頭，「琳琅，妳也來。幫我磨墨。」

「……我不會磨墨。」我小時候的書法課早忘光了，而且我用的都是雄獅墨汁。

「沒關係，我教妳。」他被抬上軟轎還拉著我，「陪著我。」

雖然跟我預想的不同，但的確讓他往道德修養提升了（？），他每天累得倒頭就睡，沒力氣騷擾我了。

我成了他的書僮，幫他磨墨，拿書倒茶。等上面（我不知道是哪個官）回了一個讓全家欣喜若狂的好消息：保留他的成績，秋天可鄉試考舉人，仙心更埋頭苦讀，比聯考的學生還用功幾百倍。

看他累成那樣，晚上他索吻的時候我就會依著他，他也沒那力氣肆虐了，只能淺嘗輒止，常常貼著我的唇就睡著了。

但他連睡熟都帶著微微的笑意，我的心就整個軟了，拚命冒香檳泡。

他的幻痛，再也沒發作過了。

* * *

春暖花開，整個餘沁園，美得像首詩。

冬天就造好的輪椅，終於可以拿出來了。我硬拖著仙心，把他從書房挖出來，跟我出去散步。雖然他還是帶著書，其實一頁也沒翻，表面淡定，內心波濤洶湧，薄海歡騰……聽他不大穩的高亢語氣就知道了。

困居室內這麼久了，一定很高興吧？

到了園子裡，他指指點點，告訴我他童年的點點滴滴（其實他才多大……過年才十九，什麼童年），告訴我他小時候身體太弱，父親特別為他請了個師父來教他練武，但師父只傳了些強身健體的招數……他們在哪練，練了些什麼……

我從不知道，腹黑小正太也是個囉唆鬼。看起來久病的人都有相同的毛病。我呢，也沒好到哪去。跟他搶著講話，吱吱喳喳的吵死人。家裡的人經過都特意繞路，給我們私人空間。

說起來都要怪春天不好。春天咩，春心蕩漾。好不容易道德修養有些微提升的仙心，在這種甜美的氛圍下又順利沉淪了。而且場景從昏暗的房裡移到風光明媚的戶外……

坦白說，他可以不要臉皮，但我還滿需要的。所以他天下無敵，我卻驚慌失措，節節敗退。

但他倚仗著燦爛無比的聖母笑和完美憂傷，拐了我無數次。次次後悔，每每上當。這天又因為我堅決不坐在他腿上，他黯然神傷的低頭，眼角完美端正的含著半滴淚，「我就知道，妳……」

他說那麼小聲，鬼才聽得到！我就不該走近那一步，該死的軟心腸！馬上讓他拉進懷裡，一把抱到膝蓋去！我就不該為了他體力著想，還教他做什麼仰臥起坐……作繭自縛，莫如此甚。

「你的腿啊～～」我慘叫起來。

「早不疼了。」他一臉不在乎，桀桀怪笑（好的不學，壞的學挺快的……）的把手探到我的衣襟裡，繞過耳墜子咬我的耳輪。

「這是外面！」我簡直要尖叫了，「把你的手……」

「妳再叫大聲點，全家都知道我摸到妳哪了。」他語氣閒然的說，繼續動手動腳。

我馬上閉上嘴，忍受不良正太的春情蕩漾。只是他……讓我坐得很不舒服，我試著調整，他卻輕喘一聲，細聲說，「別扭了……不然我得把妳就地正法了……」

那我還有臉活嗎?!

全身繃緊的背國父遺囑（雖然背不全），試圖轉移注意力。仙心卻貼著我耳朵低語，「妳真的很不喜歡嗎？」

我憋紅了臉，死都不敢講。他卻越來越動手動腳……我終於忍耐不住，發起脾氣，「洗冷水澡降溫很傷身的！春天還是很冷的……」

他僵了一會兒，貼著我的脖子竊笑。

這下子，我連死的心都有了。心如死灰，只想一頭撞在樹上。又是羞、又是氣，三兩下我掙開他的懷抱，一跳跳老遠。

他沉了臉，「就欺負我不能走。」賭氣的把臉別開。

我就知道，他是我命底的剋星。我真倒楣透頂，怎麼過來就遇到一個春心蕩漾的偽正太，還被吃得死死的。

「好誅心。」我嘀咕著，「……你很想走看看嗎？」

他學我翻白眼，「廢話！」

……就說他好的不學，壞的學得挺快。但我就是拿他沒辦法啊，怎麼辦？他已經不只是我的老闆了。我希望他快樂。

「別再來了啊，摔了你可不是玩的。」我警告，我解了他的腰帶，「不要動啊，我讓你走路。」

花了許多力氣，我把他的袍子撩起來，也把我的裙子撩起來（底下都有穿長褲啦），把他的斷腿和我的大腿纏在一起。這個身高差距實在太討厭了，我得綁得……很高，他卻頂多綁在末端，心理安慰的成分比較多。

他的手臂剛好可以環過我的肩，顫巍巍的站起來。大明版的兩人三腳。

我先跨出和他綁在一起的腿，穩住重心。「好，一起來。喊到三一起邁步。一、二、三……」

他跨出了一步。

「這是我的一小步，」我嚴肅的對他說，「卻是王仙心的一大步。」

但因為他不認識阿姆斯壯，所以他淚流滿面的給我看。

跌跌撞撞的走了十來步，他已經泣不成聲了。但我不會笑他。健康的人怎麼懂這種心情……但我很懂。我相信他在外人面前打斷全身骨頭，也是淡淡的笑，但他願意在我面前哭。

等我撐著讓他走回輪椅坐好，解開腰帶，我已經累得沒力氣掙扎，乖乖坐在他大腿上，讓他抱著。

他默默的哭了一會兒，終於平靜下來。貼著我的臉，他說，「第一次見到妳，我就知道妳不是那個蠻姑兒。」

「你才見過她一面啊。」我狐疑了。

「她不會跟妳一樣那麼笑。」他輕輕磨著我的臉，「妳一笑，整個屋子都亮了。那時候我就知道，妳不是她。」

「……為什麼我變成飛利浦了？」我納悶。

「飛利浦是什麼？」他好學不倦的問。

等我解釋完飛利浦，又從電燈啊，愛迪生啊，講到阿姆斯壯，他才知道要笑了。「一嘴怪話。」他輕輕拍我，「跟我說倒沒關係，絕對不能告訴別人。」

「我只對你說呀。」我皺了皺眉，我雖然長舌，但不想找死好嗎？「我只相信你。」

他沒講話，只是把頭貼在我頭上，抱緊了些。沉默了一會兒，他輕輕唱，「懊惱，唷約，驚我來的又不是樓頭過雁，砌下寒蛩，簷前玉馬，架上金雞。是兀那窗兒外梧桐上雨瀟瀟，一聲聲灑枝葉，一點點滴寒梢。會把愁人定謔……」

我微張著嘴，呆掉了。

在王家這樣殷實富家，我當然也聽過戲，而且還常聽。耳濡目染，在這缺乏娛樂的時代，聽戲還是不錯的消遣。這有點像是大明朝的流行歌劇，要聽懂了很有意思。

這折〈梧桐雨〉我聽過，覺得溫柔婉約，情意纏綿。但讓仙心唱來，卻是盪氣迴腸，金石交鳴，久久難以自已。

……這哪是老天爺賞飯吃，這是賞滿漢全席啊！

「你學過？」我轉臉看他，驚駭莫名。

「聽過一次。」他神態安適的說，「因為曲牌名叫〈蠻姑兒〉，我就記起來了。」

……聽過一次!?「我沒聽過你吊嗓啊？」

「什麼叫吊嗓？」他很好學的問。

我解釋給他聽，他一臉莫名，「為什麼要吊嗓，張嘴就是了呀。」

……你讓古今中外所有唱歌的，尤其是台灣那些對嘴的歌星怎麼辦？集體買豆腐撞死？豆腐會缺貨兩百年的！

「仙心，你是天才！」我激動透了，「太太太好聽了！你太厲害了～」

他眼神越發溫和，滿滿的笑意，「妳若喜歡，我唱給妳聽，只唱給妳聽。」

我的心，突然狠狠地被撞了一下。我想，我完了。我再也沒辦法把他當成我的老闆了。

第六章

我為仙心設計了一把枴杖。

這個年代當然也有枴杖，只是不如我設計的。主要不是因為我用了二十一世紀的超級概念，而是因為我自己使用了很多年。

我找了一個工匠來仔細討論，幫仙心量身打造。其實枴杖訂作最好，因為每個人的身高體型不同，一把不適合的枴杖會導致走路姿勢彆扭，那還是小事，另一條腿負擔太大，導致有問題才是大事。

試了很多種材料，又試作了很多把，終於做出一把很不錯的撐枴。能負重，微微有彈性，撐在腋下，有個把手可以手握，多練習就能行走，姿態還不錯。

本來我想過要用雙撐枴，負擔比較小。但這年代的文人講究氣度，我跟仙心討論了幾回，他認為一把就好了，兩把太難看。但這樣就要相當的練習和比較好的臂力。

其實我還想做個義肢。只是人工膝蓋這部分就難倒我了。但我真的太看輕大明朝的工匠了，原來明朝工匠如此先進發達。他們居然有種套裝的假腿……雖說不到行動自如的地步，但穿上長褲鞋襪，起立坐下都能自如，雖然需要手動，但也是能彎曲的。而且穿脫方便，甚至可以支撐一點體重。

我又跟工匠研究改良，還請主治大夫一起來討論。大夫頗感興趣，尤其是我設計有車擋的輪椅和枴杖（其實是剽竊），提出不少意見。後來連王家老大、老二都來參觀了，問我能不能把圖紙賣給他們。

自家人哪有什麼賣不賣的，我很大方的直接送給他們。奸商就是奸商，連這個都能翻出花樣。他們開了作坊，走高級路線之餘，還走軍方路線，居然獲利不惡，給我和仙心一分紅利當豐厚的私房錢。

有回我午睡剛醒，仙心不在身邊。梳洗以後去書房找他，聽到他和大哥在講話。

大哥感嘆，「老三，弟妹真是七巧玲瓏心，只是全都花在你身上。相親的時候我還不喜歡她，實在是錯了。早知道她待你這樣好，就不該多耽誤一年。」

「那時她才十三，還是小孩子。」仙心輕笑，「我……我喜歡現在的琳琅。」

「你這小子！講起老婆眼睛放賊光呢！」大哥笑罵，聲音又放低，「你這腿也好得差不多了，只是大夫交代了，需要節制，不然……」

我快步走開，鬼才在那兒聽他們不然個什麼鬼話。

仙心一直是個堅忍有毅力的孩子。他躺了將近兩年，好腿也躺到沒力了。但自從有了撐枴，他就很拚的練習。怕他摔了，我都讓他一手搭著我的肩膀，一手撐枴練走，萬一滑了還可以抓住我。

沒多久就能走得很好，眼角噙著欣喜的淚，抱著我哭很久。

等夏天來臨時，他就能撐著枴杖走個千來步了，屋裡行走不用人扶、不用人抱，攬著我的肩膀，只是習慣而已。除非是要去得遠了，不然他是不肯坐輪椅的。

我們的日子很規律，別人看起來應該覺得很無聊。每天早起他都會讀一會兒書，等吃過早飯，就和我出去散步。通常走個千來步，就坐上輪椅，讓我陪著他在園裡遊玩（事實上是他陪我），然後回去念一會兒書，吃過中飯午睡一下，就到書房念到晚上。吃完晚餐又念書，盥洗後就睡覺。

我是全程陪伴的，他在哪我就在哪。

有回他書念到一半，突然轉頭問我，「……會悶嗎？」

我正看史書看得目瞪口呆，朱熹被罵成國之腐賊非常鄙夷，我正糊塗，他這一問，我只抬頭茫然的說，「啊？」

「整天就只能陪著我……」他神情落寞下來。「我只顧讀書，也沒理妳。」

「你看我像是悶的樣子嗎？」我莫名其妙，「我自己不會找事做嗎？你讀書我看書，再不然我能去窗邊呼吸新鮮空氣，或者繞室青蛙跳三圈。能做的事情很多，為什麼悶？」

我不悶，他悶了。「妳就不會說，只要跟夫君在一起，就心滿意足了？」他居然拿書敲我的頭，我就知道不該坐得離他太近！

我抱頭鼠竄，「你讀書讀壞頭殼喔？好好的幹嘛敲我!?」

「跑什麼跑？過來磨墨！」他大喝。

我不滿的走過去磨墨，「這一定是青春期荷爾蒙過剩，才導致情緒不穩定。但你都十九了，這青春期會不會太長……？」

「又說什麼怪話了。」他也敢不滿，「使力磨！午餐吃三碗的人……這麼點力氣。」

我大嘆，「荷爾蒙啊荷爾蒙，你為什麼是荷爾蒙……」

他居然又用書敲我，反了天了！

「別以為我不知道什麼是荷爾蒙，妳跟我解釋過了！」他喝道。

叔可忍，嬸嬸也不可忍啊！我撲上去跟他對抓，這小鬼怕癢，還敢跟我挑釁！

「別！」他大叫一聲，可惜撐枴動作不夠流暢，扣分。我已經撲到他懷裡一頓亂搔，他又笑又叫，轉過來搔我，兩個人鬼吼鬼笑的……

等帥大哥驚慌失措的衝進來時，我們正衣衫不整的滾在地上相互搔癢。

場面一下子就冷掉了，雖然是炎熱的夏天，我覺得秋風淒涼的颳了進來，飄過幾片枯黃落葉，整個涼爽起來了耶。

我趕緊把仙心扶起來，三個人挺尷尬的傻笑。直到門戶一響，帥大哥臉色一變，往仙心的背後一躲，抖衣而顫。

王熙鳳大嫂，手持兩把菜刀，美麗的臉上妝淚闌干。美人就是美人，妝糊了一樣漂亮……但美人用火雞姐的氣勢舞雙刀，還是造成相同沉魚落雁的效果……長腿沒長腿、長翅膀的沒長翅膀的，都跑了。

我很想跑，但只剩一條腿的仙心跑不動，而男人骨頭重，他雖然看起來瘦弱，我曾經試過背他，除了閃到腰，連離地都沒兩公分。

仙心卻非常鎮靜，露出他慈悲純潔的聖母笑，「大嫂，怎麼了？大哥又惹妳生氣？」

以前我覺得被聖母笑呼嚨很可恥，現在看別人中招心情就好多了。王熙鳳把刀一丟，淌眼抹淚，「三叔，你要為我作主啊！你大哥欺負我沒了公婆庇蔭，左一個、右一個的抬進來……這家還有我站腳的地方嗎？」說完就放聲大哭。

「逢場作戲、逢場作戲而已！」帥大哥很不帥的躲在仙心背後，「沒要娶，都是別人瞎說！」

「你當我瞎子還是傻子啊～」王熙鳳就要撲上去。

「大嫂，」仙心扶著我彎了彎腰，「誰能越過妳去呢？妳是王家主母，大哥心底如何敬重，妳也是知道的。真有這回事就太可惡了，這不是說大嫂不容人嗎？真不容人，大哥怎有三房美妾，大嫂又待她們那樣好？真是如此，大哥就該自己去跪祠堂了。但若是旁人見不得大哥大嫂恩愛，亂嚼舌頭，豈不是親者痛、仇者快呢……」

我聽得目瞪口呆，心服口服。之前我只覺得他是個傲嬌腹黑、色狼偽正太（屬性很複雜……），沒想到他處理別人家棘手的家務事這樣頭頭是道，表情言語，搭配的恰到好處。

難怪他大哥會逃來他這兒啊……

最後驚魂甫定的帥大哥向王熙鳳打揖認錯，滿口甜言蜜語，還忍著被擰兩下。王熙鳳猶有餘怒，瞋著仙心，「說不過三叔！」

她轉頭對我瞪眼，「三妹妹，當初妳嫂子就是心軟，讓他抬了第一個才後患無窮！妳可千萬不要那麼傻！三叔這麼會說，就得這麼會做！他想討小，妳來告訴我，我打斷他剩下那條腿！」怒氣沖沖的撐著帥大哥的手臂，又一陣風似的颳回去了。

仙心一跳一跳的跳回書桌坐下，裝模作樣的說，「哎，大嫂都這麼說，我沒討小的福氣囉……」

我知道他在說笑，但我生平第一次，如此毫無理智的發火。異常尖銳的回嘴，「愛討就討，誰管你，誰又攔得住你？」

將頭一別，仙心卻沒有回嘴。氣氛變得凝重又僵硬。

好一會兒，仙心撐過枴杖，經過我，惡狠狠的瞪我一眼，拂袖大大哼了一聲，就走了。

我覺得滿腹委屈，又覺得火大。一下子後悔，一下子又咬牙。這年代三妻四妾還有社會制度撐腰，剛嫁過來時我就知道了。那時我把三公子當成老闆，老闆喜歡多幾個員工就可以多幾個員工，我更能混吃等死，何樂不為。

但現在我根本不能把他當成老闆。想到他會再討幾個小老婆，我就氣不打一處來，幾乎要撿起那兩把菜刀。

但我有什麼立場啊？被說中心事了吧？不然幹嘛哼我？我越想越生氣，越想越難過。我那足以笑傲重病威脅的堅強心理素質，居然讓我熬不過這關，太莫名其妙了。

我坐到天黑，白娟來請了我幾次，我都不理她。連她說仙心不吃飯，我也別開頭。但我要她拿棉被過來，她卻說三公子不給。瞧瞧，現在就開始欺負我。

我正在生氣，白娟卻開了食盒，開始佈菜。「三公子說，吃飽了就快回來。天雖熱，夜晚還是涼的。」

忿忿的拿了筷子，眼淚卻沒預警的大滴大滴掉下來。叫我一個人吃，還真咽不下。

「……三爺吃過沒？」我抽噎的問。

「沒吃呢，回去就躺著，問話也不應。」白娟嘆氣，「蠻姑娘，三公子對您……」

我打斷她，「食盒收一收吧，我回去跟三爺一起吃。」

「我再叫廚房……」她臉上出現歡喜。

「不用了。」我沮喪的說,「我們吃這些就夠了。」

本來就是我亂發脾氣,回去收拾殘局也是應該的。

灰溜溜的回到房裡,我讓所有的人都先去休息。雖然打定主意要道歉,我還是怕丟臉的。

他面著牆躺著,動也沒動,薄被也不蓋。

頹下肩膀,我對自己嘆氣。過去幫他蓋被,他又把被子掀掉。根本沒睡嘛。

我推了推他,他不理我。

「仙心。」我屈服了,「是我不對,你別生氣了。」

他還是沒講話,只是我覺得有點兒不對。扳過他的肩看,滿面淚痕。「……幹嘛這樣……」

「不知道。」他聲音很冷硬,「聽到妳喊我,就這樣了。」

「對不起,是我錯了。」我沉痛的表達懊悔。

「妳真的知道錯在哪嗎?」他聲音還是繃得很緊。

「我不該跟你發脾氣。」我自認錯誤。

「妳還是不懂妳錯在哪！」他憤然抬頭，「妳當然可以跟我發脾氣，妳拿刀要砍我都可以！但妳怎麼可以那麼無所謂……那麼無所謂的願把我推給別人！我以為、我以為妳跟我一樣……誰也不給、誰也不能……心底唯一的那一個，都不給碰怎麼能分！妳怎麼捨得，妳怎麼可以……還說那種話……我要討小，等今天？等妳來我心底，才……妳怎麼可以……琳琅，妳怎麼可以……」他邊哭邊說，我聽得呆掉。

哇的一聲，我放聲哭出來。撲到他懷裡，兩個人哭得拚命抽搐。「對不起……其實我真的捨不得，我也不要啊！但別人、別人……」

「我管別人去死啊！」他一口咬在我肩膀上，「咬死妳……怎麼笨成這樣……」

哭了那一場，雖然頭痛鼻塞，但我們和好了。一和好，就覺得肚子餓，那食盒你餵我一口，我餵你一口的吃掉了，雖然菜涼飯冷，卻是我吃過最好吃的一頓飯。

只是我們和得太好，未免就擦槍走火了……

自從嫁給他以後，我就有覺悟了。該發生的還是會發生，若我嫁的是個健康的男人，我只要負責「牙一咬，眼一閉，忍一忍就過去」的角色就好，但我嫁過來時，仙心已經垂危，後來大難不死，也需要長久的療傷期。

我也承認，被他這樣撩撥，有時候我得沖冷水讓自己冷靜，因為他的腿還在滲血水。

當他癒可到一個程度，我就開始思考這個嚴重的「姿勢」問題。

雖然我沒看過A片，但電視、電影真的越演越過火，除了「細部描述」以外，其他也沒什麼兩樣了。所謂沒吃過豬肉，也看過豬跑步，兩個沒經驗的傢伙，我這個見多識廣的二十一世紀女青年當然要負起這個重責大任。

默默研究過一陣子，我想，只好請他「夫綱不振」一下了。但我很害羞（人家兩世為人都沒經驗！），實在找不到機會實驗。

這是我們頭回大吵，吵過和好當然更親熱一點……當我全身熱情如火，那個死偽正太，又一臉朦朧的在我身上蹭……我只能牙一咬（但不能眼一閉），翻身騎在他肚子上，開始抱著壯士斷腕的壯烈……開始脫衣服。

等我脫掉單衣，剩下肚兜和薄長褲時……仙心沒有呼吸了！

「……你要記得喘氣啊。」我小小聲的提醒，下來閉著眼睛把自己脫得剩肚兜。（這是掩耳盜鈴……我知道，別提醒我。）

我實在沒勇氣把他扒光，只把他的衣襟敞開，然後把他的褲子給脫了。

這個偽正太呢，在我主動的時候，傲嬌屬性就會破表，腹黑屬性跑個精光。他滿臉通紅，只剩兩臂穿在袖子裡，衣襟全敞，微微喘氣的問，「做什麼妳……」

我草草瞥了一下，這大概就是所謂的「口嫌體正直」。

還問什麼問？我容易嗎我？懷著「風瀟瀟兮易水寒」的心情，我又爬回他肚子上跨坐。他發出很輕的呻吟，開始在我身上亂揉。

然後我體會到一個重大的事實。所有的實驗都有不可預期的變數，尤其是在不熟練的業務上面。

我實在不知道該怎麼「湊合」。難怪我拼圖拼得那麼差勁。我知道大致上的原理（我也是上過健康教育的好不好？），但實行起來就有嚴重的困難。

明明我看準了，但執行起來就有問題。結果我在他身上磨磨蹭蹭，他的呻吟越來越響，身體越來越火燙，用在我身上的手勁越來越大。

「你不要亂動。」我氣急敗壞的說。

「……妳到底知不知道……」他邊喘邊說，「知不知道怎麼……」

「我怎麼會知道？」我惱羞成怒起來，「不是怕碰痛你的腿……我容易嗎我？我又從來沒做過……」

「我知道。」他翻身把我壓在下面，一把扯掉我的肚兜。我像是被一隻暴龍攻擊了，舌頭差點被吃掉。但這不是最可怕的，更可怕的是，他業務無比流暢的，完成了整個流程。

我剛效法大禹三過家門不入，他倒是一次就無比熟練的……「一桿進洞」。

……很痛。

「忍一忍，聽說第一次都痛……忍一忍……」他在我臉上亂吻，一面用極度悅耳的聲音輕喚，「琳琅、琳琅，為我忍一下……」

我想我的敏感帶一定是聽覺。他一用那種聲音輕喚，我就成了一灘爛泥，腦袋只稍微好些……大概是成了一桶漿糊。

我糊裡糊塗的讓他呼嚨，忽喜忽悲，痛癢和快感交集，覺得自己有發作精神病的危險。誰跟我說這是「登上高峰」啊？小說都是騙人的，明明是自由落體，無跳傘高空墜落……

我想我一定是失神了，居然沒感覺到仙心重重的壓在我身上，全身癱軟，汗出如漿。

好一會兒，他才慢吞吞的吻我的臉和唇，稍微滾旁邊點，把臉埋在我的肩窩，滿臉的心滿意足、得償夙願的表情，累成這樣還容光煥發。

「……你的腿？」發現自己的聲音這麼啞，倒把自己嚇一跳。

「沒事。」他彎了彎嘴角，朦朧欲睡，「下次聲音放小一點兒……恐怕整個院子都聽見了。」

「什麼？」我驚慌了，「我才沒有出聲！」

他低低的笑起來，「好，妳沒出聲。」伸手環住我。

震驚之後，等神智漸漸回來，我才想到一個重大的問題。「仙心，你是不是找誰試過了？」我的聲音繃緊。

「沒。」他的聲音帶著深深的睡意。

「胡說！」我推他，「那你為什麼那麼熟練……」

他懶洋洋的笑，看起來真是邪惡啊！「妳說過『說菜』的原理，記得嗎？」

他咬了咬我的耳朵，貼著用非常魔鬼的聲音說，「妳在腦海裡做菜幾百遍……我也想了幾千遍，所有細節都想過了……絕對不會壓痛腿……」

看他快要睡著，我推他，「什麼時候開始？喂！說清楚你才能睡！」

他迷迷糊糊的，還帶著邪惡的笑，「從妳第一次抱著我，撫著我的背的時候開始……」他呼吸勻稱，睡得非常死。

……

陰險陰險太陰險，邪惡邪惡太邪惡，腹黑腹黑太腹黑啊！我那麼純潔溫柔慈悲的去解除你的痛苦，你居然就開始心懷不軌了！天真純潔又聖潔的聖母笑偽正太，果然只是一層薄薄的皮而已！

男人真是太可怕了，非立刻列入基因改造的議題不可！不但生理上的基因要

改造，心靈上的基因更需要改造啊啊啊～

我被這個非常可怕的事實擊暈，昏了過去。

半夜的時候我又讓他吵醒一次，我呻吟的說，我沒有力氣，他輕笑著說，「我有力氣就行了。」

於是我只能癱軟的任他搓圓搓扁。大概是睡得迷糊，痛感降低很多，快意反而放大，我只覺得波濤洶湧，澎湃到哭個不停，本來只是一灘爛泥，現在簡直是一灘水。從半固體到液體，退化得非常嚴重。

等「大功告成」，仙心用讓人發軟的聲音低低的問，「痛得哭麼？」

我只有搖頭的力氣，幅度還很小。

他又一陣讓人發顫的笑，更誘人的說，「記得不？我說過，等我好了以後……有妳哭著的時候。」

我一僵，使盡全身力氣舉起手，想要狠狠賞他一下，卻被他輕鬆的接住，又啃又吻，「怎麼？還想繼續哭麼？」

記恨記恨太記恨！我怎麼就攤上這麼一個記恨到天長地久的主?!包裝與內容

物不符，我能不能要求退貨……？

我又睡過去……搞不好是昏的。

第七章

睏得眼睛張不開，但聽蟬聲和溫度，應該日上三竿了。

我全身的骨頭好像拆開後再拼起來，又痛又疫，還使用不能。要是人之大倫，次次這麼辛苦，人類是怎麼繁衍到人口爆炸的？我很納悶。

覺得床側微陷，不用睜眼也知道是仙心。他應該盥洗過了，帶著清爽的氣息。但怎麼也掩不住長年吃藥那種淡淡藥氣。聞得慣了，反而覺得很親切好聞。大概是我一直喜歡中藥的味道。

他輕輕攬著我，湊在我耳旁，輕輕唱了起來。「乳燕飛華屋，悄無人，桐陰轉午，晚涼新浴……手弄生綃白團扇，扇手一時似玉，漸困倚，孤眠清熱。簾外誰來推繡戶，枉教人，夢斷瑤台曲，又卻是，風敲竹……」

他的歌聲，真是好得沒話講。即使是這樣低吟輕唱，也運轉自如，毫不費勁，卻表達得那麼歡暢淋漓。

「琳琅，」唱罷他輕輕的說，「這是蘇軾的〈賀新郎〉。」

翻身和他對著臉，卻覺得沒有半點表情適合。僵著臉不斷的湧出淚。

我真的成親了。我真的結婚了。我嫁給這個大孩子，他在洞房花燭夜的第二天，為我唱了一首〈賀新郎〉。緊緊壓在內心深處，想都不敢想的願望，他為我實現了。

我真的真的，嫁給他了。

「琳琅，」他揩著我的淚，「我們真的成親了。」

這是駱駝背上最後一根稻草，害我淚堤崩潰。我緊緊抱著他，哇哇大哭，他輕笑，「娘子……琳琅……我等到妳了。」

那天我們放婚假，盥洗後就躺著說話。大概是飽了，仙心一直規規矩矩的抱著我，說了很多。

他坦然跟我提起對以前那個蠻姑兒的觀感，「……我總是偷偷想著我的娘子會是怎麼樣的，能不能和我相知相愛……初見蠻姑兒的時候，我完全絕望了……求大哥退了這門親事，我真不想面對一個恨我的人。但我的腿……總之，門當戶對略好些的人家，都不願把女兒聘來，只有林家……」

「他們家情況不太好，若我們家不幫忙，鐵定跨不過這檻。但我哥不喜歡林家，常說為富不仁。咱們家雖說是商家，對鄰里還是有情有義的。他們家真的太過，占人田產、勾結官府……若不是得聘他們家小姐，大哥真想撒手不管……」

「跟這種人家結親家後患無窮啊！」我大驚失色，「完了完了……我怎麼給你們家招災……」

「招不了。」他撫著我的臉輕笑，「我哥想退親，又怕面子下不來。故意說要花筆大錢當聘禮，但從此姑娘就要跟娘家斷絕關係，永不往來。誰知道林老爺這麼捨得，真應了……那時我狀況很差，二哥想著死馬當活馬醫了，姑娘不好就不好，抬進來沖喜……能短她一碗飯不成？才娶了進來。妳沒見連回門也無？不用擔心，林家不會有人來的。」

我凝視著他。男人啊，真是一種奇怪的生物。只是這樣那樣過，他的生澀就蒸發光了，像是一夜之間就長大，從男孩變成男人了。

瞧我沒說話，他對著我綻放光芒萬丈的聖母笑。距離這麼近，威力令人吃不消啊啊啊～明明就吃乾抹淨（被吃乾抹淨……），我心跳這麼快幹嘛？

他湊過來在我唇上啄了兩下，有點歉意的說，「琳琅，我長得不算好。」

「哪兒不算好？」我渾渾噩噩的說，「好得很，都禍國殃民了。看我都快被電暈……」

他輕笑，「我大哥、二哥那才叫做好。」他含蓄的說。

「不是我的菜。」我很乾脆的說。本來嘛，我看了一輩子的電視，俊男看到麻痺，總覺得缺乏靈魂……或許「缺乏靈魂」是世紀流行病，反正不會有交集，更不想有交集。

他眼神很溫柔，「我知道。妳看他們的眼神，都很疏遠，像是看截木頭。但看我的時候……」他垂下眼簾，「有些時候，會突然燦亮起來。非常非常的，美。而我，原是最普通的那種，甚至沒了一條腿……」

「我又是什麼美人了？坦白講啊，你現在要退貨也遲了。我前世病得跟鬼一樣，還帶浮腫，早上起床都不敢照鏡子。鑾姑兒比我前世好多了……但也只能說是路人甲，路邊隨便砸就一大把，你還不認得誰是誰呢，普通得多堅持啊！……」

他邊聽邊笑，臉上帶一點點紅暈。我真不知道正太也有成熟型的，賺大發了！

「你很好啊，比我想像的好太多了。老天爺大概是苦毒我一輩子，過意不去，大發慈悲補償我了。」我越看越滿意，「少條腿怎麼啦？年代缺靈魂啊，你靈魂可是飽滿堅毅的……跟我一樣。」

他笑了一會兒，把臉偎在我臉上。「我想老天爺也對我過意不去了，所以把妳賞給我。」

不時興這麼瓊瑤好嗎？但我被瓊瑤得哭了。

但我就該知道他這腹黑鬼不會這樣就放過我。我們的情形很特殊，居然是婚後戀愛型。初戀的人總是刺刺探探的，妳心有沒有我之類的。但我的初戀實在太理智客觀冷靜，來時悄然、去時瀟灑，更何況我忘了個精光。

所以我被他牽著話題亂逛時，他特有心機的問，「琳琅想過要嫁怎樣的人？」

一時疏忽，我很嘴快的說，「病成那樣怎麼敢想嫁不嫁的問題……當然我也是有那麼一個、半個偶像……」

「偶像？偶像是什麼？」他向來是個好學的好孩子。

我很仔細的解釋了偶像，他明白了。「那琳琅的偶像是誰？」

我的偶像……從來不敢告訴人。「我、我的偶像是……」我掩住臉，「是……霍去病。」

他身子繃緊一點，「因為他少年有為……妳想嫁武將？」

「……原因之一。」我含糊的回答。

他想了一會兒，噗嗤一笑，「該不會是因為……他的名字，去病？」

我惱羞了，「知道就好，幹嘛說出來?!」

他放聲大笑，一遍遍的輕啄我的唇，「琳琅，原來如此。」

我氣得拍了他幾下，「有什麼好笑的？什麼如此這般？」

他又是那種光輝燦爛的聖母笑，「不管前世還是今生，妳都含苞待放。」他不無自豪的說，「讓妳情竇初開的，是我。」

……我被麻倒了。

男人這樣那樣以後，自尊心一整個宇宙膨脹……我都替他不好意思起來。

*　　*　　*

我發現我真成了王家人了。

當我們終於捨得起床，我又盥洗了一次（滿臉都是仙心的口水），收拾被褥的白娟一僵，很平靜、很平靜的問我，「鬟姑娘，妳小日子來了？」

瞥見被褥裡的血跡，我也很冷靜，冷靜到接近涅盤的回答，「沒。」

「那是三公子不舒服……？」

「他很舒服。」我的表情依舊非常冷靜。

白娟點點頭，轉頭喚小丫頭拿新被褥全換了。等換好被褥，她平靜的說，「等等我熬些蔘湯給姑娘補氣。」

「麻煩妳了。」我也點點頭。

這就是王家的調性，冷調的冷靜。就算她的臉那麼紅，神情還是非常平靜的。

唯一不好的是，冷靜只有表面。我再次讓如雨的禮物砸了一次，被王熙鳳抓去上了一節非常「深入」的馭夫術。連跟我不太對盤，林妹妹似的二夫人都派人送了本《黃帝內經》來，我直接扔給仙心了。

王家的人其實很好笑，兄友弟恭是貨真價實的。人家說富過三代，才懂吃飯穿衣，他們富不只三代了，的確很懂穿衣吃飯，但是大家族那種愛恨情仇就沒出現。說不定就是因為子息不旺，數代單傳，直到這代才養活了三兄弟，父母去得又早，才這般友愛。

我也很感謝是這樣的家庭，不然哪養得出仙心這樣的好孩子。雖然腹黑陰險又愛記恨，但他本質是驕傲的。若不是我先對他垂涎三尺，他大概也傲嬌到連多看我一眼也不會，還提什麼腹黑。

我堅強的心理素質再次發揮功效，既然都到這種地步了，再不承認就太假。所以我很勇敢的啟動三字妖言大法，倒把仙心逗得熱淚盈眶。

俗氣歸俗氣，噁爛歸噁爛，但人嘛，活得那麼清高做什麼。愛就愛了，有什麼好不承認的。我是個惜福感恩的人，想想我若嫁給別人，哪有這等好運氣。最好的情形就是老死不相往來，相敬如冰。跟愛人上床和跟老闆上床是兩種截然不同的概念。

跟老闆的話，我大概會在心底厭煩的想「啊，你是好了沒有，趕緊啦，我要睡覺。」跟愛人就是「你怎麼這麼可愛，我不行了，愛死你了……」

瞧瞧，敷衍與肉麻兮兮多南轅北轍。

雖然說我們的生活跟以前沒什麼大的改變，照樣在別人眼中非常枯燥。但每天早上不管誰先醒，都會在對方耳朵旁唱個幾句充當鬧鐘鈴聲，非常的有音樂涵養。雖然說我拍子準，音就不準，顧此失彼，但仙心愛聽，我管丫頭和婆子掩不掩耳朵。

但天才就是天才，不得不服氣。有天我氣勢磅礡但底氣不足，拖拍掉音的唱〈滿江紅〉，他居然躺在枕上聽我唱完，然後把我拖拍掉音的部分無師自通的修正，唱得那個叫做氣壯山河。

我聽得如醉如痴，簡直要發作花痴症候群，亂吻了他一頓，差點誤了他的早課。早上散步快結束的時候，我們經過家裡的翠滴湖，看著水色瀲灩，他一席白衫，夏風蕩揚。我求他再唱一次〈滿江紅〉（我有嚴重的英雄崇拜），他笑笑的取了輪椅後的枴杖，站起來，真像幅畫中人。

他修長細瘦，面容溫和，但張口就是氣勢萬千，聽他唱「怒髮衝冠憑欄處，瀟瀟雨歇……」我就想跪下來膜拜。天才！天才！這年代戲子的地位太卑微，讓這個天才永遠不能世出啊～

等他唱完，我臉上痲痲癢癢的，竟是不能自已。

「至於麼？」他撐著杖過來，抽了我袖底的帕，幫我擦臉，「聽到哭呢。」

「賺翻了。」我喃喃的拭乾自己的淚，抱住他的胳臂，「你就算不會唱歌，我也就很愛你了……」

他垂下眼簾輕笑，神情很淡然。但因為我很了解他，所以從他眉眼梢頭那微微的得色，知道他得意斃了，若不是斷了腿，恐怕就起身後空翻三圈。

仙心正在扮演謙虛而淡然的偉大聲樂家時，小廝急沖沖的跑過來，「三爺！大爺請你過去一趟。」

我們對視一眼，都是滿眼詫異。

「我推你過去吧。」我提議，「挺遠的，你也早走累了。」

小廝卻急了，「三夫人……大爺那兒，有客呢……」

奇怪，王家老大從來不叫仙心去見客呀。我心底納悶，仙心已經跟我講了，「大約是有故人來。琳琅，妳先回去吧。若我在前頭吃了，妳就自己先吃。」

我點點頭，等看他去得遠了，折了枝柳條回去插瓶，心底還充滿了被美妙音樂包圍的藝術感。

仙心果然吃過午飯才回來，我趕緊把溫在小爐上的藥拿過來。他一面喝，一面沉思，連我掰了仙楂糕餵他，他都愣愣的吃下去。

「……我不是小孩，吃藥不用甜嘴。」他終於回神了。

「怎麼了？」

他有些怏怏，「江蘇州判的幕僚江先生來拜訪我大哥，剛好聽到我在唱曲。說什麼都要見我一見。」

「有什麼好見的？」我有點不高興，「在家裡唱個歌也不成？住海邊的？管特寬！」

他被我逗笑了，「可不是海邊住的。還要我再唱……他誰？我又不是戲子，叫唱就唱？雖然只是秀才，也算有功名的人。我唱，只為妳，其他的人就別想了。」

這年代的想法我是比較了解了。讀書人被人當戲子侮辱，這是很嚴重的。但對方可是個大官……次於州牧。

「我猜州判也是愛聽戲的。」我慢慢的說。

仙心訝異起來，「是呢。妳怎麼知道？」

「這江先生沒事幹，為了自己得罪你大哥？會來拜客一定是有所求。他的要求這麼無禮，你大哥一定是氣死了。大哥沒把他趕出去，卻忍氣叫你去見客，一定是他靠山夠硬，非常撐腰……」

仙心默然片刻，「我大哥說妳聰明、七巧玲瓏心，只把心放在我身上，原本我還有點笑，總覺得妳嬌憨，哪有聰明樣。倒是小瞧妳，原來這樣伶俐，聞一知十。」

我嘆息，「聰明有什麼用？道高一尺、魔高一丈，還不是被吃得死死的……」

他朗聲大笑，把我拉到他懷裡。「相生相剋，妳就不要介意了……大哥喚我去見客，就是打消江先生的主意。我少了條腿，面容平庸，倒是好事了。」他冷哼一聲，「這起飽食之徒，枉讀聖賢書。醉生夢死，逐欲不止還不夠……」

「大明朝也鬧ＢＬ啊？」我哀號一聲，「不會吧？」

「什麼是ＢＬ？」他好學不倦的問。

我小聲的解釋，還跟他解釋什麼攻啦、受啦，他聽得臉越發紅，甚至有點生氣了，「邪魔歪道！好端端的女孩兒，怎麼……怎麼會去看這種……這種書！」

「沒喔，我沒愛看喔。」我趕緊撇清，「那是我妹在看的。我只看過一本，笑到翻掉。像我這種沒經驗的人也知道，那個……『後庭花』怎麼會分泌液體，還透明的……我想拉肚子拉到透明分泌物，已經病入膏肓……」

仙心大叫一聲，臉紅過耳，居然把我從桌子這兒扔到床上，俐落無比撲到我身上，打了我兩下屁股，「滿嘴跑什麼馬？非好好教訓妳不可！」

然後我就被「愛的懲罰」了。事後還增加了項目：打了十次屁股。威脅我再不可說、更不可想什麼B不BL的，他夫綱甚振的說，「要想就想我，想兩個大男人扭在一起做什麼？」

我滿眼懷疑的看著他，難道要我想像他跟他大哥、二哥配對嗎？

「妳那是什麼眼神……」他又撲過來。

於是我又被「懲罰」了第二次。年輕人就是年輕人，血氣方剛。不過中午「吃」太飽，晚上他就睡得很死，我也得以一夜安眠。

本來這件事情應該就這麼揭過了，但才過四天，州判送來了一張帖子，邀仙心去看戲。

大哥氣得差點把帖子撕了，仙心也一臉陰鬱。我心裡很後悔，幹嘛唆使他唱歌，誰知道在家唱個歌也會有事……

他望了我一眼，雲破天開，露出皎潔美麗的聖母笑。「州判大人都邀了，就去吧。」

「老三！」大哥厲聲。

「但我行動不方便，所以琳琅要陪我去。」他恢復淡然的神情，隱隱有些威嚴，「放心吧，大哥。我會處理好。」

我有些愣愣的，這合規矩嗎？不是說大門不出、二門不邁？

「信我吧。」他在我耳邊低語，輕輕捏了捏我的手，「用不著擔心。」

第八章

那天出門，衣服是仙心選的。我要說人的藝術修養真是天生的，他在這樣的年代有那樣的歌喉，連美感都非常脫俗。

他選了月白書生袍，也替我選了同色系的月色襖裙。配件不多，刺繡簡雅，搭配起來竟然意外的清爽悅目。在這秋高氣爽的初秋時光，他挑了幾朵只有杯口大的半綻菊，親自幫我簪在髮上，沒用其他首飾，只有耳朵帶著銀耳墜，手上帶著家常素淨的白玉鐲。

我也沒化什麼妝。路人甲的容貌，怎麼畫也不會成天仙。再說這時代的化妝品……我很怕鉛中毒。我只在唇上抹了層油。秋天乾，嘴唇容易脫皮。

仙心沒什麼意見，只取了眉筆來，替我將眉畫了畫。藝術修養啊藝術修養，這就是天才和人的差別啊！就只是畫個眉，整個精神起來。

「你順便畫個眼線算了。」我讚嘆不已。

「什麼是眼線？」他向來是不恥下問的。

我跟他說明，他依樣畫葫蘆，再次發揮他天才般的藝術天分。本來無精打采的臉龐立刻亮了起來，我攬鏡自憐，非常沾沾自喜。

他拿著胭脂發呆，毅然決然的扔下，「時間趕不上了……不然該叫妳去洗臉。」

「不好看？」我非常震驚。

「太好看。」他又看我一眼，「不想給別人看。」

「那我擦掉好了……」我拿起絹子，卻又讓他奪了去，塞回我的袖子。

「……留著吧。」他承認自己的虛榮，「就一回。以後不幫妳畫什麼線了……讓我心底又歡喜又難受的……」

我偷笑起來，他悄悄在我腰上輕擰一把。

搭了馬車去，戲園子外已經人山人海。瞧瞧，缺乏娛樂就是這樣。不過聽說這個戲班很有名，大哥曾經想請來家裡聽，但他們太大牌，有錢還請不到。

事情到這地步，縮頭一刀，伸頭也一刀，我也就不太掛懷了。只是興致勃勃的看著窗外，想想又覺得不對，「我這樣掀著帘子是不是不對？」

「妳做什麼都對。」仙心淡然又溺愛的說，「不用怕，我替妳擋著。」

我反而心裡一酸，放下車帘。他笑笑，「妳不是天不怕、地不怕？掀著看沒關係，紗帽也免了。」他頓了頓，聲音很輕的說，「妳前世已經臥病半生，哪裡也沒得去，來了只陪著我，拘在家裡，更沒得去。若妳能開心點……婦道不婦道的，我替妳扛著就是。」

「……你這不是要惹哭我嗎？」我拚命忍著，「畫了眼線還哭，你知道眼淚沖下來很恐怖，像是瞳孔流出來……」

他噗的一聲，連連嗆咳。果然讓人噴笑，就不想哭了。

臨到要下車，他才勉強平靜下來，咕噥著，「老招人笑疼腸子。將來我定是笑死的……」

「那你可要比我早一天。」我回嘴，「我心理素質比你好，不然扔了你，沒人說笑話逗你，你可受不了。」

他眼神非常溫柔的看著我，連我先下車都跟著沒放。我很熟練的架住他一邊胳臂，手裡還能拿枴杖。等他站穩，拿枴杖給他撐好。他環著我的肩，一手撐著枴杖，氣度安閒的走入喧譁的戲園子。

州判訂的包廂在二樓，實在非常沒人性。但仙心拒絕了僕役的背負，環著我的肩膀，雖慢卻安適的緩步上樓。我對他的崇敬真是水漲船高，宛如滔滔江水，一江春水向東流。

我小聲的跟他說我的感想，他面上淡然，悄悄的回我，「……別招我笑。」我轉頭竊笑不已。

等我們出現在包廂時，整室俱靜。同桌六個人齊齊望著我們，尤其是仙心的腿和枴杖。

疑惑有之、同情憐憫有之、惡意嘲笑有之，不一而足。

我看著仙心，果然同我一樣的堅強。他淡然的展開他那無敵絕殺溫雅聖母笑，立刻通殺，一屋子目瞪口呆。

我平衡了。

「幸會幸會，」一個開朗的大胖子站起來，「久仰王家三公子仙心氣度非凡，今日一見，果非凡俗，令人望之忘憂啊！坐坐坐……」他拿眼睛看我，大概很無法歸類。我的穿著打扮是已婚婦人，但絕對不是通房姨娘。

「幸會，周大人。」仙心淡笑，原來這就是那個州判啊……他環著我的肩，「王某行動不便，這是拙荊。」我謹慎的福了福，還得顧慮到仙心的重心。

全包廂的人都尷尬了。因為我已經看到幾個極漂亮的姑娘正在把盞。我的加入實在讓他們……難以盡興。

胖胖的周大人馬上把姑娘請出去，迅速熱烈氣氛。他先是打趣我們伉儷情深，然後呼酒，接著又親熱的向仙心道歉，實在包廂難訂等等……

在座的幾個文人跟仙心是認識的，酒過三巡，氣氛就熱烈得不得了。我？我就負責在旁邊吃東西就好。他們說那些之乎者也我哪聽得懂，也不會有人白目到跟我說話。

我一面吃，一面把覺得好吃的往仙心的碗底擺，剝蝦盛湯，做得很自然。

「妳筷子上是什麼？」他低聲問。

「蝦球吧？你要嗎？」我抬頭問。

他張嘴，我就餵給他吃。結果整個包廂又安靜下來。我們在家就是這樣，他總覺得我筷子上和碗裡的比較好吃，總喜歡撈過界，我也習慣了。驚覺所有的眼光都刺過來，我都尷尬了。

仙心輕笑一聲，真是迷死人啦！「病中都是拙荊服侍，竟忘了在外。失禮之處，請勿見怪。」

「不怪不怪，」周大人滿臉堆笑，「只羨鴛鴦不羨仙啊，但現在我可羨慕仙心啦！來來來，王夫人也舉杯，我敬賢伉儷……」

我看了仙心一眼，他悄悄的問，「會喝麼？」

「沒喝過。」我怯怯的說。

「那沾沾唇就好，剩下的我幫妳喝。」

我也舉杯……為什麼有人愛喝酒，又苦又辣，只沾了點就快嗆出我的眼淚。仙心接過我的殘酒，一飲而盡。這些無聊男子又起鬨起來。說是來聽戲的，結果他們顧著吃喝說笑，現在上戲了，也沒人在聽。這包廂應該很貴，還垂著竹簾，不知道是來幹嘛的。

隱隱約約聽到幾句，似乎是〈梧桐雨〉。

周大人真是個人精，看我頻頻轉頭，「王夫人也愛戲？」

「拙荊在家只能陪我，唯有家裡唱戲才得鬆泛。」仙心笑著替我答了，「周大人，能否捲簾？讓我娘子看看戲。」

「正是正是，酒也足了，飯也飽了。」他笑吟吟，「可不就是為了聽戲來的？來人，撤席，捲簾！」

捲簾之後又排了桌椅，我跟仙心促膝而坐，專心的看戲。

到現在我也沒搞懂什麼是雜劇，什麼是元曲。但看戲我都是很高興的。實在是太缺乏娛樂了啊。現代人總把古人想得很簡陋，其實不然。布景、衣飾、唱腔，都極盡豪華之能事。尤其這個專業的戲園子，比起家裡搭戲台來聽不知道華美多少倍、專業多少倍啊！

尤其是看現場的，超感動。那悠遠綿長、華麗麗的唱腔、典雅含蓄的詞，比哼哼唧唧、愛你不愛你的流行歌曲好多了……我真越來越像個古人了。

這齣〈梧桐雨〉的精華在第四折，每次聽，每次我都含淚。雖然唐明皇和楊貴妃榮登我和仙心最討厭的男女主角寶座，但天才白樸把那思念欲狂的心情含蓄的寫得極好。

演唐明皇的扮相很靚，但我想唐明皇沒那麼帥吧？等到了精華處，我非常認真聽。只見他唱：「潤濛濛楊柳雨，淒淒院宇侵簾幕……」我就冷掉了。大概是期待越高，失望越大，也可能是我讓仙心養刁了。嗓子不錯，但是功力不夠還是敷衍了事……聽了一會兒我才發現，啊，他聲音表情不到位。

我一直都認為，聲音也是有表情的。同樣一首歌，蘇打綠的「小情歌」就可以讓蕭敬騰唱成「大情歌」。這就是聲音表達的情感不同，所謂獨特的聲音表情。

台上這個「名角」，卻只能極盡華麗，沒把唐明皇的心情唱出來，也沒唱出自己獨特的聲音表情，非常令我失望。

待他唱完這段，我輕輕搖頭。湊過去跟仙心輕聲說，「你唱得比較好。」

他淡笑，「回去唱給妳聽。」

戲散了，周大人卻興致盎然，等送上了茶，非常豪放的唱了一段〈三煞〉

（就剛那段精華）。

當然唱腔和唱功不如剛那名角，他的聲音也比較適合唱張飛。但滄桑有之、豪壯有之，聲音表情十足……雖然不是唐明皇，但誰規定張飛不可以懷念楊貴妃啊？偶像崇拜不行嗎？

我忘情的拍手叫好，結果一屋子人都笑了。我紅了臉，仙心居然在忍笑。等回去再收拾你！

「拙荊愛戲成痴，諒她年幼無知吧。」仙心從容的說。

「不怪，不怪！」周大人開心得很，「王夫人識貨啊！」

結果這些才子文人都各來了一段，原來是大明版的ＫＴＶ，簡單說是票友會。最後連那名角都來了。卸了扮相，反而更帥了。但那個桃花眼帶假笑，讓我覺得胃不太舒服。

「這才是好看的人呢。」仙心低聲對我說。

「你不准討小。」我板下臉，「男的也不行。別以為可以暗渡陳倉……」

他臉上掛著淡淡的笑，卻用袖子遮著不動聲色的在我手臂上擰了一把。反了天了啊！

那個名角笑著跟大家敬了酒，到我的時候，像是眼睛抽筋。桃花眼抽筋也是很難看的。我實在不願意碰酒，把酒遞給仙心，他拉著我的手就著喝了，這些已經喝得差不多的男人又起鬨得非常開心。

名角也唱了段，我漸漸開始覺得不對（是說我遲鈍發作時，挺讓人沒力的），他的眼睛越抽越厲害……該不會是對我放電吧？這人是怎麼搞的，頭回見到就放電，搞屁喔！

我不安的往旁邊看，仙心也沒發現。我想他那麼銳利都沒發現了，鐵定是我的錯覺。自作多情太不好了，說不定人家天生眼睛就是抽筋的，但他唱得華而不實，讓我比那些票友還難熬許多。

票友唱得不好，卻真心喜愛，還有點欣賞價值。有好嗓子卻唱得這麼不誠懇，令人難受極了……

周大人帶著薄醺，笑著跟仙心說，「江先生不會說話，得罪仙心了，周某絕不是怠慢。」

仙心微笑，「周大人何出此言？若是王某心底有芥蒂，就不會帶著拙荊來了。說來慚愧，王某兒女情長而英雄氣短，曲藝，小道也，只是拙荊侍我甚苦，王某答應她，此生只唱曲給她聽。既然周大人錯愛若此，且污清聽吧。」

他轉頭看我，啟唇齒，「潤濛濛楊柳雨，淒淒院宇侵簾幕；細絲絲梅子雨，裝點江幹滿樓閣……」

所有的嘈雜、喧囂，都隔離在他的歌聲之外。我只看得到他、聽得到他。纏綿悱惻到極點，鬱思糾結。像是他獨自待在病房，看著殘腿的那光景，黯然神傷，無處可消除，也無人可安慰。

天才啊天才！我怎麼運氣好到這種地步，攤上這種天才中的天才……這是大神啊！大大！

像是這樣還炸不夠似的，他歌聲漸歇，曲調一變，正是我教他唱的〈滿江紅〉。慷慨激昂，波瀾壯闊，唱到「朝天闕」的時候，穩穩的翻上三翻，簡直能夠直上九天。

一室俱靜。

好一會兒我的目光才能夠集中，看到眼抽筋名角面如死灰，所有的人慘無人色，魂飛九天之外……比我慘多了。

瞬間，我又平衡了。

等仙心展露拯救心靈的聖母笑，才讓這些人回魂。每個人看他的眼神都不同了，那叫做一整個崇拜激動啊，只差沒拿香拜拜。紛紛邀他出遊啦、詩會啦……只差沒喊大神。

我安心了。我和仙心都太邪惡了，不就個票友會？古人實在可憐，唱個KTV也備受誤解。

不過我真的吃喝太多，剛陪仙心去洗手間時不想，現在非常想念洗手間。我悄悄跟他說，他喚了個戲園子配置的侍女，陪我過去。

我只能說，古代的廁所真令人不滿。等我出來，侍女說去幫我提水淨手，要我等一下。她才剛走，一個小丫頭怯怯的塞了個紙條給我。

我滿心迷惑的展開紙條，也沒署名，就寫幾月幾日幾時，某某寺旁柳橋。

今天還是我頭回出門，什麼寺跟柳橋在哪個東南西北，我哪知道。大概是送錯了吧？我順手扔進馬桶裡，那侍女提著水來，眼神怪異的看著我。

「有人送錯信。」我聳肩，洗了手。

那天賓主盡歡，我正在馬車裡跟仙心表達我無窮盡的崇拜，什麼姑蘇城外寒山寺，燕燕爾勿悲都亂湊了，聽得他大笑不已。

「沒想到這年代還有送情書的，可惜送錯。」我不經意提了一句。

「什麼？」他停了笑。

我跟他說了那張紙條，時間倒是都還記得，但什麼寺就忘了。

「大悲寺柳橋。」他淡淡的說。

「哇，你怎麼知道？」我更崇拜了，「我看過就忘了。所有廟的名字都那麼像……」

他瞅了我一眼，又笑。「妳的聰明都擱我身上了……輪到自己就憨。說不得我得替妳籌劃籌劃……前人造孽，我替妳了結吧。」

我糊塗了。直到後來，我聽說那個名角在大悲寺柳橋被痛打了一頓，我才恍然。這個蠻姑兒的眼光真是差透了呀～怎麼看上一個眼睛抽筋的？

「那可不是我！」我對仙心大聲抗議，「我眼光很高的！」

「我知道。」他淡然的說，「要不，怎麼只有我入妳的眼呢？」

……我再次被麻倒了。

男人果然不能捧，那個自信心是怎麼回事，一整個宇宙膨脹……麻死我了。

＊　＊　＊

後來邀約果然如雨後春筍……我是說如雪片般飛來，但仙心都用「秋闈將近」推掉了。

也是，入秋了，他也要收拾行李去考試了。但他不讓我跟。

我很不諒解，大吵大鬧。兩世為人，沒這麼幼稚過。我來到現在一年了，從來沒有一天跟他分開，現在要分開兩個月，想到就不寒而慄。

但他不肯，絕對不肯。他無奈的攬著我，「我知道妳擔心，也知道妳捨不得。但我不能一直讓妳照顧著。我知道妳會說妳不苦……但我都看在眼底，我知道。」

他明亮的眼睛看著我的眼睛，「琳琅，我是妳的夫君。妳一輩子都要倚靠我。這個功名，我要自己去考回來，該吃的苦，我要自己吃，不能讓妳更風塵辛苦。我只要妳……在我回來的時候，來城外柳橋接我。」

我知道他的意思，我真的知道。但我捨不得。他想要像個男人一樣，走出去考取功名，讓我覺得榮耀。若是一直由我扶著，他就學不會走。

但我根本不在乎榮耀，我只在乎這個人。那麼遠！要走十天呢！小廝不知道會不會好好照顧他，他路上還要吃藥，會不會懶得吃了。

「我會帶妳去玩。」他扶著我的臉哄，「真的，我早就想好了。帶妳去聽戲，帶妳去踏青。所有我躺在病床上渴望的，妳躺在病床上渴望的一切，我都想要帶著妳。但絕對不是帶妳去吃苦，把妳孤零零的擱在闈外等我，絕對不是。」

我流著淚，漫過他的手，「幹嘛不叫我去長風沙等你？我也知道什麼是相迎不道遠。」

他哭笑不得，「……因為江蘇沒有長風沙這地方。」

這兩個月，我過得比我臥在黑病房那年還長很多。我還以為臥床度日如年，結果這兩個月是度秒如年，一整個生不如死、痛不欲生。

戀愛這件事情真是太糟糕、太糟糕了。摧毀人的強韌意志力。每天讓我略有生氣的只有寫信這件事，怕耽誤他的功課，我都特意囑咐不用回信。

我只能說王家大哥對我縱容，連王熙鳳都挺疼我。我這樣一日一家書的人力、物力，真是耗損甚巨，他們還是笑著替我去辦了。

王熙鳳還推我，「三叔前腳才走，妳就死了大半個？」

「大嫂，妳不會懂的。」我奄奄一息的回答，「那條墨魚狠心的把我的魂也帶著走了。」

她噴茶了，擰了我幾下，「肉麻死了，怕人不知道你們小倆口好？酸死我……」

「妳擰吧。」我一臉悲壯的擺出死豬不怕開水燙的模樣，「等大哥跟二哥換班，換他跑浙江，就該我擰妳了。」

當然又是挨了一頓粉拳，只是人笑到發軟，真的就是粉拳，一點力氣也沒有。我真悲傷，我這樣可憐，這樣慘烈的說出我的相思病，怎麼也能讓她笑成這樣？王家的人就是笑點低，還會姻親感染，太可怕了。

每次我分享這樣悲傷的感想時，招來的只是一片笑聲，互相幫著揉腸子。真真沒良心，王家就沒一個好人。

就在我度秒如年，簡直要打滾的時候，小廝飛馬來報，喘著說三爺奪得鄉試榜首，不日將歸。

「不日是哪日啊？」我慘叫，「哪一天叫不日？」

沒人回答我的問題，笑得可響了。這世界太悲傷了，人的同情心都讓狗吃了。我默默去牆角畫圈圈，悲憤莫名的寫了十張信紙跟仙心告狀。

等到我覺得我大概會成為第一個因為相思成疾正式死亡的病例時，王熙鳳闖進來推我，「得了，三叔快到了，就在……」

我馬上眼睛大睜，根本沒聽到她說什麼，火速跳起來更衣，隨便抹了把臉，頭都沒梳就要往外衝。

「妳還沒穿鞋哪！」王熙鳳對我嚷，「妳要這樣瘋婆似的去見人？還有半天工夫才進城，妳急什麼？」

「白娟！」我扯著嗓子喊，「幫我梳頭，我手抖到梳不了了……大嫂，我答應他要去柳橋接他的！隨便梳啦，不要複雜的，簡單就好！快快快！還有那個誰……隨便誰都好，去叫套車啊！我要去柳橋……」

王熙鳳沉默了會兒，搖了搖頭，「我是聽說過中舉人的會喜瘋，神智不清。沒見過舉人老婆喜瘋的……」

再不快，我真的要瘋了啊！

我用最快的速度趕到柳橋，當然仙心沒那麼快。中秋了，冷了起來。我出來的時候根本沒心找夾襖，隨便拉著就來了，現在才瑟瑟發抖。不愧是白娟，立刻幫我披上披風。

「好白娟，」我很感動，「可惜我太愛你們三公子了，絕對不讓他收房。我一定給妳挑個明媒正娶的，風風光光嫁出去。」

她紅了臉，臉上還是王家固有的冷靜，「我跟我遠房表哥已經定親了。」

「妳喜歡他嗎？」我大吃一驚。

「……他待我像是三公子待姑娘。」依舊保持著泰然自若，只是非常冷靜。

「妳結婚後還能回來上班……我是說在我那嗎？」我又問了。

「姑娘願意，我就回來。」她一臉平和，只是顏色接近番茄。

我拍了拍她的肩膀，伸長脖子焦急的等待。等到最後，我才發現我站僵了腿。

「姑娘，進車裡等吧。」白娟已經恢復原來白皙的膚色，「妳站了兩個時辰了……」

「不不，」我很倔強的說，「我要他第一眼看到我。」

當然，我知道這很白痴。但戀愛本來就會降低人的智商，非常無恥。我們真的戀愛也才幾個月，戀姦情熱也是應該的。人生幾回如此肉麻，隨我去吧。

不知道等多久，我終於看到仙心了。我還以為我看錯，等他漸漸接近，我才確定，真的是他。

他竟然騎在馬上。截肢套著假腿，虛虛的踩在一邊的腳蹬。健康的人騎馬就顛個不輕了，二哥回來就常喊腰瘐腿疼，他怎麼受得了？

但他卻是那麼的神態安閒、淡定，一點驕奢意滿的樣子都沒有。更不見勞苦風塵。騎馬的姿勢真的很優美，像是我夢裡的白馬王子（雖然那匹馬是棕色的）。

他拉慢了馬，踱到我旁邊，在馬上看我。他的枴杖橫在鞍袋，看起來像大將軍的長槍。

有些疲憊蒼白的臉孔，綻放了純淨無瑕的聖母笑，「琳琅，娘子。」

我仰臉，真不知道為什麼淚腺這麼發達，哽咽的說，「仙心，夫君。」

他笑得更燦爛輝煌，「娘子，中秋月明，吾歸矣。」

我大哭，真會把腸子哭斷。我想這就是我常讓人笑斷腸子的報應。真是天理循環，報應不爽。

他伸手要我上馬，我搖頭不肯。

「上來。」他板起臉，「聽話。」

「可你要遊街……」我有些驚慌。我知道他堅持騎馬，是因為這城要出個舉人不容易，遊街乘轎或馬車實在太丟臉。但他單腿騎馬就不容易了，再多我一個連馬都沒摸過的人……

「就是要帶妳遊街。」他不容分說，拉住我的手，「踩我的腳……不用怕，妳力氣那麼小，不疼。」

最後是白娟和幾個丫頭把我拱上去的，我整個昏頭昏腦，窩在闊別兩個月的懷抱裡，恍恍惚惚。「……別人會怎麼說？」

「叫別人去死，管他們怎麼說。」語氣這麼硬，他臉上還是帶著淡然的微笑，跟圍觀的鄉親點頭。

聽著他的心跳，我突然覺得……讓別人都去死吧！

在鑼鼓喧天，非常喧譁中，我卻覺得非常安靜。仙心說的每個字，那麼輕，我卻都聽得一清二楚。

「我這輩子都不可能成為霍去病，永遠都少一條腿。」他直視前方，我注視著他，沒放過一絲表情，「但霍去病絕對不會如我這般……愛妳。」

這樣大喜的日子，這樣肉麻又正中紅心的情話，我唯一的反應居然只有——哭。超白痴的。

所以我說了更白痴的話。

「仙心，你早就是我的大將軍了。」我哽咽的說。

那時仙心綻放的宇宙終極無敵最強聖母笑，電倒了半城的人。我真是後悔莫及。囂張囂張太囂張，居然有一堆不要臉的女人敢央著父母來提親要當小，無恥無恥太無恥。

不過仙心當眾撕庚帖也太過分了。從此沒有媒婆敢上門了。

第九章

仙心回來沒多久，就病了。

畢竟這樣折騰了兩個月，他的身子本來就弱，不像在家有人悉心照顧，在闈場裡熬苦，奪得榜首又連日邀宴，之後根本沒有好好休整，就急著返家……

應該是感冒，病毒潛伏了幾天，他一鬆懈下來就長驅直入，發脾氣撕完庚帖著了氣惱，居然發起高燒了。

醫學原理我都知道，但知道歸知道，看他燒得昏昏沉沉，不思飲食，我還是急得拚命哭，只能一遍遍的用烈酒擦他的手臂和大腿，換額頭上的布巾。

他一天沒吃東西，水也喝得很少。藥也根本不吃了。明明知道只是感冒，我還是憂心得要命。

我就知道我慘了，我愛他愛得死慘死慘的。下輩子還有機會，我絕對不要戀愛。但若仙心還這樣對我笑……我想我還是慘一點好了。

「仙心……」我輕輕喚他，「喝點水吧？你需要補充水分。」

他輕哼了一聲，卻沒有張開眼睛，臉孔蒼白，只有兩頰帶著不太正常的紅暈。是我疏忽，真是我疏忽。真把他當個健康的人，忘了他底子很弱。擦著他的冷汗，我心裡焦慮。流這麼多汗又沒補充，很容易脫水的。

但怎麼餵都餵不進去……我想到言情小說非常俗爛的情節，心底不免有些悲傷。殺了我吧！不會要我模仿那一招吧？太太太雷了！真照做了，我還有臉活嗎……？

這個摩門特，仙心很輕很輕，很不舒服的從牙關漏出一聲「嗚」。我薄弱的羞恥心馬上被擊個粉碎。

雷就雷吧，我不要臉了！不是說，人不要臉，天下無敵嗎？

我把丫頭婆子都叫下去休息，獨自守著他。然後仔仔細細的刷牙漱口……反正又不是沒做過，對吧？只不過是模仿俗爛情節，有點心理障礙……像我這樣心理素質如此之佳的堅毅女青年……

我噙了一口水，開始進行「口對口人工點滴機」的大業。

他的唇，真是燒得都捲皮了，太心疼、太心疼。我用那口水先潤了他的唇，又一點一滴的滲些到他嘴裡。很慢很慢的，怕他嗆到。

餵了第一次，我又噙了一口，依樣畫葫蘆，只是輕輕用舌頭點他的牙關。病人的氣味當然不好，但這是仙心，我的小正太，我的大將軍。什麼味道都無所謂，他能好起來就好，我什麼都沒關係……

他牙關輕啟，有些虛弱無力的接過我餵的水，舌頭還伸到我嘴裡，一定是渴壞了。我這樣斷斷續續的餵了一杯的水，等我打算餵到第二杯……我就發現他醒了。

因為他乾脆含著我的舌頭不放，還抬手抱住我的背，眼睛微微睜開。不過他這麼虛弱的狀態下，我倒是很容易就脫離輸送範圍。

他咧嘴，嘶啞的說，「好喝。」

「……你什麼時候醒的？」我有股把水澆在他腦門的衝動。

「妳把嘴唇壓在我嘴上……」笑得那個叫做洋洋得意，「第一口。」

……你說男人這種生物是不是該人道毀滅？我擔驚受怕，拚命喚他起來喝水吃藥，他只顧昏睡，一觸及本能範圍就立刻賊醒，還騙我行如此俗爛之舉……

「起來喝水！」我怒吼了。

他很乾脆的全身一鬆，將臉別開，一副柔弱無力樣，「娘子不那樣餵，我喝不下……」

反了天了！我捋袖子就想上前給他好看，卻無處下手。這場奔波讓他瘦了很多，脖子上的靜脈隱約可見。他把我每句話都擱在心底琢磨，我才說了句霍去病，他拚了臉皮不要，拚了身子弱不管，就是要騎馬抱著我遊街。很腹黑的在馬上跟我說那些話。

他連霍去病的醋都要吃。

我丟兵棄甲，大敗而逃，只能擱下狠話，「等你好了，咱們很有帳可以算！」然後繼續擔任「口對口人工點滴機」。

他很開心的喝了第二杯水，直到看我端起藥，虛弱的阻止我，「那很苦……」

「我不怕苦。」說著我就想哭，又怕他看了心裡難過，趕緊噙了藥餵他。真是苦，苦極了。他活到現在，喝了十幾二十年的藥，都是這般的苦。

餵完那碗藥，我們又吻了很久。搶著吸乾對方嘴裡的苦味。吻著吻著，我們就都哭了。我明白他，他也明白我。我們都是深知病苦之人，我憐惜他，他又何嘗不憐惜我。

貼著我的唇，他輕輕的說，「我想過了。還是我比妳多活一天吧……妳的心都掛在我這兒，我不想看到妳傷心……一天而已，我能忍得的。妳別走太快，讓我安排一下就跟去……」

「……不要我說每句話，你都琢磨又琢磨，我瞎說你琢磨個屁啊？連霍去病……」

「我不要聽你說別個男人的名字。」他很倔的用力吻了一下，「我不琢磨妳，還能、還能琢磨誰……？」

第二天，仙心的燒就退了，能夠起身飲食了，沒幾天就好了。換我躺下……口沫傳染真是厲害，尤其是透過黏膜傳染（口腔啦！），這還是我來以後第一場病。

病倒沒什麼，又不是沒病過。但我被仙心騷擾得要發瘋。既然有慘痛的前車之鑑，我是絕對不肯讓他吻我的，親密的黏膜接觸那更是不行。他乾脆整天都跟我一起臥在床上，說他沒有好……

總之，他把兩個月沒摸夠的份都摸完了，應該還附帶豐厚利息。

我是感冒，又不是手斷了，他堅持親手餵水餵飯，玩得非常開心。完全就是欺負我感冒無招架之力，很用心的折騰了我一遍。

我的感冒跟他差不多時候好，搞不好就是因為實在受不了他的折騰，連感冒病毒都嚇得逃之夭夭。

我沉痛的發現一個真理：男人，是不能寵的。

雖說我也感冒了幾天，但這身子的底子好（絕食都沒餓死了，身強體壯的），一旦痊癒就生龍活虎，仙心說是好了，但病懨懨的，胃口非常差。即使我使盡全身解數「說菜」，頂多多吃幾調羹吧，讓我很煩惱。

我就不該心那麼軟，抱著他哄，又一小塊一小塊掰著饅頭或窩窩頭慢慢餵，他總是靠著我，多委屈似的閉著眼睛張嘴吃。

如此這般哄餵了三天，直到他熬不住獸性大發，我才發現被他耍了。

我氣得發軟，揚起拳頭猛K了一頓，他乾脆翻身，任憑我雨點似的拳頭落在他背上，「用點力。每餐吃好幾碗的人，這麼點力氣……左上一點……對對，就那兒，使點勁兒……」

我大喝，「當我給你搥背哪！」又去擰他。可恨他練過武，背的肌肉擰不動。

「正要妳幫我捏捏哩。不過妳吃的飯都到哪去了？肉也沒長幾兩，力氣也這麼小……」

我真快背過氣去，男人這種生物真的不能捧、不能寵，稍微給點顏色，他就給妳開國際染坊連鎖企業了！

他轉臉看我，反而噗嗤一聲，「裝得那麼凶狠，又捨不得使力。幹嘛呢？這就是妳說的那個啥……什麼嬌的？」

我漲紅了臉，啪啪的打他，「你才傲嬌！你全家都是傲嬌！」

他一把把我摟進懷裡，還在床上打了三個滾。媽的，這哪裡是病人，我怎麼被騙得這麼死啊？

好像這樣還不夠氣我似的，他湊在我耳邊輕輕說，「其實，不帶妳去考試……真正的原因是，我一定忍不住，但妳聲音又那麼大……連婆子都不給她們上夜聽到了，哪能給別的人聽了去……」

……我會不會成為第一個這點年紀就氣到中風的病例？腦部血液過度集中，只能化為暴吼，「王、仙、心！」

「妳儘管喊，我愛聽。」他好整以暇的欣賞我化身為暴龍的樣子，「但妳連根頭髮都是我的，別人別想聽那一聲半聲，全是我的！」

「不給你點厲害瞧瞧，你都不知道誰是誰了！」我怒吼的撲上去。

不過我很快就後悔了。雖說因為業務日益熟練，所以這次沒有過門不入的窘境。但這位「夫綱不振」的王先生，一點都不介意被老婆壓到底，非常奉承。這次「愛的懲罰」，怎麼好像懲罰的還是我呢……？

腹黑腹黑太腹黑，陰險陰險太陰險。

基於洩恨的心態，我硬要幫他取號（古人有名、字、號三個稱呼。名是長輩取的，字通常是老師，號通常是自己取的），堅持要叫墨魚君。

他斜眼看我。我早跟他解釋過腹黑的意思，想來他也懂為何叫「墨魚君」。

「娘子賜號，卻之不恭啊！」他長歎，算是承認了。

想到他跟人詩文應答，署名就得寫「墨魚君」，我就笑到打滾。但等他參加詩會回來，把詩文謄回來給我看，我迫不亟待的看他的署名……卑鄙卑鄙太卑鄙！

他署名，「墨餘君」。一整個氣質高雅，飄然物外了！

我追著他亂捶，他像是沒感覺一樣，非常恰到好處的扮演飄然的墨餘君，笑得那一整個叫做光輝燦爛。

我感到不寒而慄。我這輩子，被這墨魚君吃得如此之死，還有翻身的機會麼……？絕望啊絕望，我對這樣的人生感到徹頭徹尾的絕望……

＊　＊　＊

仙心成了州城裡的紅人，還是大紅大紫的那種。

這點我一直渾渾噩噩，都怪小說和電視的誤導。你想嘛，古裝小說裡頭男主角只要是文身的，不是狀元就是探花，就跟滿地都是總裁，讓台灣成為總裁密度最高的地方……我對一個舉人榜首怎麼會有感覺？

但仙心是秀才榜首、舉子榜首，可說是連中二元。秀才滿地跑，不希罕，舉子矜貴點，也不少。但連奪二元，未及弱冠（二十歲）的才子，可是希罕寶貝，若不是他的腿，再來個三元及第……沒準兒，地方就給他建生祠了。

仙心跟我說，大明朝開國至今，三元及第不到五人。連中二元的也不多，畢竟科舉考試除了實力也看運氣。現任的安康帝在位十五年了，但還沒半個三元及第的，一直引為文治上的憾事。

上有好焉，下亦從之。所以管科舉的官對於重點學生非常大力培養，仙心的信才能得其憐憫網開一面。這就是大老闆喜歡什麼，底下的人也喜歡什麼。

結果仙心爭氣的考了個榜首，讓那個學官大大長臉，聽說還被皇帝嘉獎。這下水漲船高，仙心成了眾文人才子追捧的對象。再說他雖面目平凡，但氣質上佳（腹黑又沒人看得到），飄然有謫仙氣（我同情這些被聖母笑呼嚨的可憐蛋），這個大明朝的文人又崇拜病態美，仙心一下子就成了許多人仰慕的夢中人。

雖說我不太會分詩詞好壞……坦白說，我還不太會看行草。但仙心的字很漂亮，我這門外漢都覺得秀媚於外，實則剛強，真真文如其人。但他的詩詞就我這外行人來看，就覺得含蓄簡麗而已，絕對比不上「北斗七星高，歌舒夜帶刀」，但別人吹捧得天上少有、地下無雙，我就有點糊塗。

「那是因為，和我同期的連中三元者，只有七、八個，我是當中年紀最輕的。物以稀為貴……」仙心漫應著，遞給我一疊信紙，「這寫的是什麼？是哪國文字？蒙古文？我真是看到頭疼……別說妳要我別回信，我想回也不知道怎麼回……」

我接過一看，居然是我費盡苦心寫的家書。

「剛我收拾筆硯才翻出來。」仙心很不滿，「蚯蚓爬也比妳的字有精氣神。念念，我得確定妳真知道寫什麼，不是糊塗一張就當家書了。」

我羞怒交加，「寫得好看就可以歧視人？你歧視字難看的！我還會寫呢，多少女人是文盲你說……」

「我管那些女人？關我啥事？」他喝道，「念念！」

心不甘、情不願的念了，發現時過境遷，有幾個字……我還真不認得我是寫了什麼。

仙心長長的嘆息一聲，充滿非常討打的訊息。「妳這字，還是得我來教了。最少寫個家書讓我看得明白不是？」

「……我以後叫帳房先生寫。」我也氣了。

「妳敢！」他大喝，「寫給我的信，能給別人寫去!?」

「不然我讓白娟……」

「不成！就跟妳講不能給人寫去，白娟不是別人？」他罵了，「妳給我過來，磨磨蹭蹭什麼？拿好筆……唉，這叫拿好筆？我一抽妳就是滿手墨……抖什麼抖？這是橫嗎？蚯蚓扭都直些！算了，妳來我膝上……還跑？過來！我把著妳的手寫！不給妳畫描紅是不成了……」

我被這個趾高氣揚的書法先生非常羞辱，學習得非常心不甘、情不願。「你當先生太凶，」我小聲咕噥，「這樣學習起來怎麼會有進度……」

他的手一顫，在紙上落了一滴墨。「……我想把妳趕緊教會。」又把著我的手穩穩的寫了三橫，才慢慢的說，「我算是大好了，該考的、該做的，也做完了。這些年，一直是哥哥們在撐，二哥更是遠駐浙江，難得回來。我想跟大哥學些時間，就去二哥那兒替手，讓他回來幫幫大哥。

「大哥都不講，但他已經忙得分身乏術……咱們糧食生意，攤子太大，獲利卻薄。再不讓二哥回來幫大哥，大哥要累病了，但浙江那兒也得有人主持。我若去了，十天半個月才回來一次，妳沒學會寫字，我接了信就懸著，怕妳寫了什麼我沒看懂……」

啪的一滴淚，落在紙上。我覺得我真是淚腺太發達，一定是飯吃太多不長肉，發展到其他地方去了。

不過我沒再跟他作對，乖乖的學寫字。他若去應酬，我就在書房苦苦練習。當然書法這種事情跟羅馬一樣，不是一天造就的。但有練有差，總算可以看得明白了。只是虛耗紙張，一大張不知道寫不寫得到兩百字，我正在努力縮小體積，但要到小楷的地步，我想還有很遙遠的距離。

但我這麼努力，仙心反而不幹了。他堅持只要看得懂就好，又沒要我當什麼書法家，「反正妳也不是那塊料。」他很直接坦白而討打的說，「現在妳面對著書桌時比面著我的時候多，看到我眼睛都不發光了！」

「成天在外應酬的人說什麼話呢。」我咕噥，「把我撇在家裡，我沒吭聲，惡人先告狀……」

事後我很後悔。我早該知道這隻墨魚君會把我的話再三琢磨，就不該跟他說這。後來讓我大大揚名，毀譽不一。

咱們這位新科榜首發話了，要邀他去，就得邀他的夫人。

時已入冬。雖還沒飄雪但也冷得緊。我這亞熱帶居民放著家裡的暖日子不過，出去吹什麼風，跟那些文人雅士有什麼好見的?!

更何況，繼怒撕庚帖事件後，我的名聲已經大大釘上「妒婦」這個圈著霓虹燈的大看板，另外還有騎馬遊街，猴在新科榜首的懷裡不下來的張狂……再加上這個聲明……我在想「妒婦」前面的稱號，會不會長到擺不進三尺長的看板上。

「你就是毀我不倦就對了？何必如此……不就是多寫字，少看你嗎？至於嗎？」我欲哭無淚。

他很安然的替我畫眉、描眼線，還能指揮白娟拿哪件、不拿哪件衣服。「娘子，」他露出久違的聖母笑，「我說過帶妳出去玩兒的。」

……但不是這種冷死人的天氣啊～更不是擔這種驚世駭俗的名聲啊～

「我怎麼，就投到這身呢……」我真要哽咽了。

「當然是妳知道會嫁給我，才迫不亟待的來了啊。」他拍拍我，狀似安慰，「我懂，妳愛我個賊死。我不就很寬容大量的接受了妳的情意麼？不用感謝我了，咱們誰是誰？還需要那些虛禮嗎？」

「…………」

他怎麼說得這麼流利，都不會閃到舌頭呢……？我真納悶。

第十章

在這個男尊女卑、嚴守禮教的社會裡，咱新科榜首的宣言是很有殺傷力的，也讓他的聲名下降不少。

至於詳細是非議些什麼，我這深宅大院的已婚婦女哪會知道，只模模糊糊聽說幾句。說他懼妻如虎的有之，說我馭夫甚狠的有之，講得最難聽的就是我婦德不修，整天只想拋頭露面，仙心怕我只好依從之類……雖然跟事實一點都搭不上邊，但邀約就減少到等於無。本來我還有點安慰，但我忘了周大人了……

周大人一知道這個消息，欣喜若狂。他是跟我見過面的，知道仙心為什麼會冒這花樣，火速送來了請帖。

我稍微振作一點，就是因為這回都算熟人……起碼見過一面不是？唱唱KTV，票友會嘛！這有什麼……

周大人還跑到門口親迎，笑得臉都像開了花。我知道仙心除了那次跟周大人那兒張嘴唱了兩首，之後在誰面前就很堅持聲樂家的矜持，再也沒開口唱了。

我才下馬車，周大人圓圓的胖臉就迎上來，攙了仙心，不像來個人，而是天上掉了個寶貝，「仙心老弟，多禮什麼，多禮什麼！夫人請請，這天冷壞人了……」一人一乘小轎把我們抬了進去。

一看席上，幾乎都是認識的，只有兩三個生面孔，我安心了。照著大明KTV的慣例，都先吃飽喝足，才開嗓消食。不過比二十一世紀奢華。二十一世紀只能放伴唱帶，這兒可是大樂隊啊，唱現場，你看看……

不過這餐我還是忘了之前的教訓，非常麻木不仁的幫仙心剝蝦殼、挑香菜（他不吃這，嘖嘖，挑食鬼……），他也老指定要吃我筷子上的菜，就著我的手喝我杯底的酒（事實上是幫我喝，我根本討厭酒），周大人他們倒是很鎮靜，一副習以為常的樣子，只是起鬨。那幾個生面孔看呆了，酒都喝到衣服上去……沒見過人談戀愛啊?!

仙心非常淡定，深情款款的拿我的手絹，幫我擦嘴……邊的飯粒。結果我又聽到熟悉的吸氣聲，但沒有王家那種冷靜的壓抑，可大多了。

我早就麻木了。燙吧燙吧，你看過死豬跳起來說開水太燙嗎？

大概是眾人的反應讓他非常開心（？），不用人三催四請，他就很自然而然的引吭高歌，該唱的、不該唱的都唱了，簡直要成為「王仙心獨家演唱會」。聽眾如痴如醉，連連叫好，一整個歡聲雷動。

我是很陶醉，但頻頻捏著冷汗。他把我教他唱的〈王昭君〉和〈月琴〉都唱下去了……幸好大家都喝了幾分酒，沒注意調子怪異。幸虧他還有一絲理智，不然他吼起「One night in 北京」，我不知道怎麼解釋……

連吃帶唱了一兩個時辰，賓主盡歡。過足歌唱家癮的仙心，客氣的問周大人，能不能去園子逛逛。「拙荊日日在家劬勞（？），總想帶她出來散散心……」

「你們倆真是羨煞人哪！」周大人哈哈大笑，「大夥兒也酒足飯飽，不如一起走走消食吧？我這小破園子，還是有幾處可觀。」

中國人的謙虛真是太誇張，一整個誤導我。這叫破園子，那我們家那個叫做爛泥塘。我兩個眼睛看不過來啊，恢弘大度揉合纖巧玲瓏，我真找不到形容詞……太美啦！

這種鬼天氣，連枯荷殘葉都成了悠遠的風景，瞧瞧這匠心獨具啊！

仙心坐在輪椅上讓我推著，一面指點山河，讓我注意什麼月洞，什麼意境，什麼山子石，什麼五行八卦……一旁的周大人和他愉快的夥伴們附和著，時不時來一首詩，非常的有文化水準。

逛到將晚，十停園子逛不到兩停。周大人非常熱情的請我們再去，仙心微笑著接過他剛跟周大人要的一枝紅葉，略略整理，要我彎腰讓他插在髮鬢上。

……我現在才知道，不是只有二十一世紀的青少年會起鬨，大明朝的中年男子也起鬨得非常起勁……

這場「聲樂家發表會暨中國園林藝術之旅」，在極富文化氣息的情形下落幕了。雖然我沒說什麼話，也沒唱歌，但覺得我庸俗的心靈也為之提升不少，自覺有點兒文化味了。

「開心不？」仙心看我抱著他胳臂吱吱喳喳，溺愛的問。

「開心，非常開心。」我很樂的說，「我以前最喜歡看《八千里路雲和月》……那是一個電視節目，我跟你解釋過的……沒想到親眼看到比電視好不知道幾萬倍。你們比那些解說員有水準啊！馬上就有詩詞可以蹦出來對應，好強啊～」

他輕笑，環著我的肩膀，輕輕蹭我的臉。

「我更高興的是，今天你都沒故意罵我、氣我。」我沒防頭就衝出真心話。

他全身一僵，「……我有嗎？」

死了。我幹嘛呢？為什麼要說出口呢？明明知道他心細如髮，會在心底拚命琢磨。「那不能怪你喔，」我趕緊設法補救，「畢竟你現在考取了功名，是一家之主了……我們院子的一家之主。你不好意思跟我撒嬌了，只好拚命逗我，我懂的……」

他扳過我的臉，細細瞧我的眼睛。在昏暗的車廂裡，他的眼睛非常非常亮，藏著滿滿的震驚。

……他才二十歲，頂多是大二、大三的學生。還是個剛長大的大孩子。他生病時的撒賴，考取功名後的囂張（只對我 ==），只是一個大孩子急著跟他老婆證明，我是大人了，我可以保護妳，妳要聽我的，不欺負妳要聽，欺負妳也要聽。但又很不安，一直想要老婆保證一定愛他，很想跟病中那樣撒嬌，但又不敢，覺得沒面子。

其實我懂的。我上輩子病那麼久，見過多少心理輔導師。病久無聊，我也啃了幾本心理學和他們抬槓，槓著槓著還讓人淚奔過。還不就那幾套，把人心計量化、條式化。的確，這樣可以摸清大部分的人心。

但我知道歸知道，卻很不喜歡用那套來玩。

當一個人面對過生死的邊緣，很多事情就澄澈起來。那些條條框框根本沒有存在的價值，我個人武斷的想。起碼對我沒有價值。我覺得那些沒什麼用處，只是徒增障礙而已。人還是回歸本心，多用自己的感覺，少用那些沒用的框架。越簡單越好，尤其是感情的事情。

我很愛仙心，他也很愛我。他聰明冷靜，只是對愛情一點經驗也沒有。所以他很本能的去嘗試、去做……而且他被根深柢固的女卑觀念教養長大，所以會迷惑、掙扎。他會帶我去遊街、這樣衝撞禮教的帶我出來見客，何嘗不是他跟自己內心的想法爭鬥，不自覺的流露。

我設法把我的想法說給他聽，馬車早就停在門口，但他不讓我下車，非讓我說完不可。

「仙心，你不是我那邊的人，什麼男女平等，你當然不以為然，我也不會跟你爭這。」我很坦然的說，「我知道的是，我很愛你，而你，已經盡全力待我好了。我很滿足……是我沒腦子，為什麼突然衝出這句，招你不開心……」

他沒說話，只是眼神越來越溫柔，溫柔的有點水氣。慢慢的，他把頭埋在我的頸窩，像是那時他苦於幻痛，抽噎著把臉埋在我頸窩。

我用力的抱住他的背，他緊緊的環住我的肩。

「小正太？」他含糊的埋在我頸窩。

我點了點頭。

「大將軍？」

我也點了點頭。

「我一直欺負妳怎麼辦？」他含含糊糊的問。

「受著唄。」我嘆口氣，「反正我開發了新的菜單。我可以挑戰讓你吃第二碗還覺得餓。」

他輕笑起來，聲音有些不穩，「琳琅，娘子。我說不出的開心快意，卻覺得心很疼……」

「那是因為你太愛我了。沒關係我知道，我不就很大方的接受了嗎？不用感謝我了，咱們誰是誰？還需要這些虛禮嗎？」

那天仙心下馬車的時候，沒有撐枴，讓我用輪椅推進去。他笑得那一個叫做聲嘶力竭，我倒是很鎮靜。

沒辦法，王家人就是笑點低。愛他就是優缺點都愛上，這個基因上的缺陷，我也就原諒他了。

＊　＊　＊

但我沒辦法阻止他之前腹黑的副作用。

我想應該頂多去周大人家唱ＫＴＶ，我覺得還滿有意思的。結果是所有有園子的人家都來請我們去唱KTV了。所以說，有個太有才華的丈夫是很辛苦的。

經過周大人的宣傳……我敢說有擴音器他會乾脆去大大放送，省得要一講再講。總之就是把我們倆都捧到天上去了，說我們是什麼比翼鳥、連理枝，誇張肉麻到我想一頭撞死。

（白娟幾時變得這麼八卦……都怪她嫁的老公不好，把她帶壞了！）

這些都不是重點，最重要的是，想聽到王仙心的天籟，就要連他夫人一起請上。因為深情款款、苦心孤詣的王才子只唱給他夫人聽。

一時之間，州城為之轟動。請帖再次如雨後春筍……我是說如雪片般飛來。

問題是，江蘇也開始下起大雪了……這種天氣逛什麼園子?!

但中國人就是中國人，啥都能想出名堂。下雪算什麼，賞雪啊、暖棚啊，各式各樣的奢華活動立刻出籠。

自從交心後很自在撒嬌的王先生，正半躺在我懷裡，很享受的等我掰茯苓糕餵他吃，一面吃還一面吟詩，什麼「醉臥美人膝，醒掌天下權」。

我很納悶。怎麼我講了那麼多，他真聽懂的就是「我可以放心撒嬌了，不會丟臉喔，萬歲！」男人的選擇性理解力該用什麼東西矯正才好？

「掌天下權之前，先處理請帖吧。」我很沒力的掰了一塊，他微微張嘴的吃了。

「去唄。」他懶洋洋的說，「不過明天的就謝絕了，我要淘澄胭脂。」

我瞪著他，心底的無力更深了。好端端一個偽正太，學賈寶玉那沒出息的東西淘什麼胭脂……

自從他開始幫我描眉、畫眼線以後，就對如何打扮我有了嶄新的興趣。這時代的眉黛（眉筆）還是不太好使，他非常之嫌棄。大雪也不能常出門，就窩在家裡改良配方。

但化妝品我是一點都不懂（你臥病二十年試試，看你摸不摸得著），只是拿一些稀薄的化學常識跟他胡扯。我跟他說鉛粉是有毒的，他就異常慎重的對待，我拿《紅樓夢》呼嚨他，還說中藥也可以當化妝品，拿「上山採藥」唬他，說過我也忘了。

我完全忘記所謂久病成良醫的定律，我在前世都快要可以直接去當藥劑師了，何況喝了一輩子中藥的仙心。他把他的無師自通和天資聰穎拿來這塊大材小用，和他的主治大夫玩得非常開心。

這些實驗成果大半都花在我臉上，省得別人要參觀王夫人如何驚世絕豔，我卻讓人失望過甚。

只能說，絕對的財富導致絕對的腐敗。這群超級腐敗的有錢人，他們家的園子真是該死的精美絕倫。

腐敗腐敗太腐敗。我每次赴宴都得忍受別人驚愕的眼光（怎麼王夫人只長這樣？），一面努力加餐飯，這樣腐敗的華美酒席也不是常常吃得到的。他們覺得不夠美，卻不知道已經是仙心化腐朽為神奇了。大神就是大神，沒得說了。

結果等開春他說服他大哥要去浙江換班時，順便帶了筆資金要去整胭脂鋪子。州城的胭脂鋪子已經開了半個月，賣到斷貨，得用訂的。

我領悟到兩個非常重要的事實。第一，不管什麼時代，女人的錢最好騙。第二，血統就是血統，基因就是基因，一點都跑不掉啊。瞧瞧這個讀了一輩子聖賢書的王舉子仙心先生，比他兩個做了一輩子生意的哥哥還來得、還奸商啊！

沒四分之一巴掌大的胭脂賣二兩銀子，你就知道他奸到什麼地步了。還花什麼時間讀書啊，不用讀了。早點出去賺錢，也不用累得他大哥、二哥家裡妻妾獨守空閨到快鬧革命。

不過，他那天生的奸商天賦暫時沒得發揮，看起來他哥哥們後院起火已經勢在必然了。

今夏，太后五十整壽，特開恩科。皇帝老大下旨了，所有連中二元的舉子，賜馬上京赴考。鰥寡孤獨廢疾者皆有所養……我是說，只要還有口氣，都乖乖上京去吧，管你是王二麻子，還是老得拿不起筷子。

仙心的「恩師」——那個做人情讓他准假再考的學官，寫了很長很厚的一封信，囑咐仙心無論如何，就算再斷條腿，用爬的也得爬去幫他爭臉。

這個天大的榮耀（？），讓王家炸窩了。像是空投了一個二十一世紀的原子彈，那一整個光輝燦爛……

炸得最凶的，是葳蕤院。

這次我已經下定決心，甚至好好回想了「這不是肯德基」的廣告，非常努力的抓住精神與要訣，讓王仙心先生很是目瞪口呆了一回。

「……不行！」他撈起滿地打滾的我，「十天都沒捨得讓妳去，去京裡要走個把月啊！怎麼可以，說不行就不行……」

「我不出聲不成麼？」我又跳又叫，「你不就怕人聽，我把嘴堵起來……」

「到那關頭妳哪記得堵嘴？哪次不是又哭又叫……」他也大聲了。

「不然你堵啊，還不都怪你，怎麼能夠怪我哭叫，是你說你愛聽……」

白娟很鎮靜的說，「大爺剛來，又很快的走了。」

嫁了人就是不一樣，現在她連臉都不紅了。白娟的老公真是太糟糕了，怎麼就把她調教成這樣……連害羞都不會了！

仙心也很冷靜的回答，「派個人去跟大哥說聲，我這邊處理好就去見他。」

「你還想處理什麼？」我繼續又跳又叫，「我說要去就是要去，要去要去……不讓去，你就別想出房門！」我抱著他的枴杖遠遠逃開。

他氣得發怔，「都多大了，還這般撒賴！」

「過年十六了！」我對他吼。

他語塞，悶悶的別開頭，「說怕妳出聲……是逗妳的。妳知道馬車顛十來天是什麼感覺？那真可以顛斷人骨頭。路上吃的、用的又是什麼？妳在家嬌養，我怎麼捨得妳跟我出去吃苦……我不在家，妳正好趁機休息。妳整個心都撲在我身上，少吃一口都知道……妳只顧我，妳自己呢？」

我也啞口。奇怪，我做得不夠隱約嗎？怎麼他會知道？我覺得我這樣很變態。但沒辦法麼，我頭回真正的戀愛，還是先修成正果才戀愛的。

也就是說，我們先掉進婚姻這個坑，才開始在坑底玩曖昧、玩臉紅心跳，然後熱戀。好處是，這樣大概不至於熱戀七、八年，結果一結婚就冷卻；壞處是，戀姦情熱就會顯得很白痴。

都結婚了還這樣白痴，不可原諒、不可原諒。

「妳……真以為我是瞎子？」他幽怨了，「我有六把枴杖，只是外觀相同。輪椅有三部，但我眼前只有一部。假腿是妳保養的，也有數隻。妳跟工匠天天研究怎麼改良，我不知道？我吃的飯，每一道都是妳寫的菜單，還跟大夫確認。我不知道？妳都哄我睡了午覺才爬起來，去辦我身邊的瑣事。真當我不知道呢……」

他越說越難過，「琳琅，幾時妳才想到妳自己呢？」

他這樣我真的不自在透了。「我、我什麼都不會。連字都寫不好，縫條直線都縫不出來。不留意你一點，這家還有我站腳的地方嗎？」

「妳明知道不是那樣！」他生氣了。遇到我的事情呢，他就很容易爆炸。不但笑點低，爆點也低，這樣怎麼好？

「好嘛，」我厚著臉皮說，「誰讓我那麼愛你呢？你要嫌煩……」

「琳琅！」他乾脆沉下臉。

「不嫌煩就讓我跟！」我拚命搖著他的胳臂，「留下來……或我跟你走！」

「妳明知道我不能留……」他難過了。

「那是《海角七號》的梗。」我很好心的提醒，「啊，我還沒跟你說過《海角七號》這部電影。很感人喔～」

還沒讓我說有多感人，我已經讓他按在膝蓋上打了三、四下屁股，然後照慣例「懲罰」了。

那天他去見他大哥的時候，時間真有點遲了。後來他的哥哥們都在院門等見，不敢直接闖進來了……大概是他們的小弟真的太生猛。（我絕對不承認跟我有絲毫關連）

不過他去見大哥時，也提了要帶我去，才有人照顧。

若是別的人家，一定會說不行的。但仙心的哥哥們，溺愛這個小弟溺愛透頂，若是他指天，他們都會豪氣萬丈的舉手摘星辰給他。連懷妻遊街，帶著出去聽戲見客，都能維持王家風的冷靜了，又不是見皇帝，路上有人照顧也好，一點異議都沒有。

王熙鳳也是個人物，她很大氣的承擔了打包行李的重勞動，還告訴我京裡的東西貴，別買，只有那皮草可以的話，多帶點回來，還拿了包銀子給我。

等我問清楚皮毛價格，這包銀子……是讓我扛三車皮草回來買賣嗎？

「賺點私房錢嘛。」她面不改色，「到時候我分妳一份兒。買皮草妳問三叔就好，王家沒人不會做生意的。」

連林妹妹……我是說二夫人也來坐了坐，面帶憂愁，說了幾句閒話，送了一首長詩給我就走了。那詩我翻來翻去看得糊裡糊塗，畢竟我不夠古人。

仙心看了只淡淡的說，「二嫂的意思是，羨慕妳，二哥從來沒帶她出門過。」

……那可是首長詩啊，滿滿一大張紙的！

「這麼簡單幾句話，她怎麼就能寫成〈長恨歌〉呢？」我納悶了，「才女就是才女，高度果然不同。仰之彌高、鑽之彌堅……」

仙心本來沒有笑，結果一端起茶喝了一口，就噴了。他狂笑拍桌，「長、長恨歌！哈哈哈哈～」

我詫異的看著他。怎麼跟我混了一年多，這個笑點不見增高，反而越來越低了……薰陶抗不過血統基因啊……我很感慨。

那天我們出門，我真傻眼了。為啥路上滿滿的人，都是來送行？真有那麼金貴嗎？不過就是個舉子榜首嘛。

仙心掀帘微笑，語氣卻很咬牙切齒，「我真不該受妳威脅！」

我倒是氣定神閒，「你信不信我就能偷偷溜在你後頭？直到你發現已經遲了……」

「是啊，不是被土匪搶去，就是讓人牙子拐了！」他保持著純潔聖母笑，語氣可不是那回事，「妳敢！絕對不許妳這麼胡來！」

「當然，」我心情愉快的說，「我胡來之前一定會通知你，給你時間反應的。」

他仗著沒人看見，居然在我的……胸口掐了一把。還敢威脅我，「等等妳就等著領家法吧。」

這色狼！「這是家暴！什麼家法……」我摀著胸口，縮到馬車角落，「別別別！別衝動！外面人很多……」

「家暴是什麼？」他隨時隨地都好學不倦。

我解釋完了家暴的意思，他滿意的點點頭，車已經出城了。我們共乘的時候通常只有我們倆，因為我滿嘴怪話，仙心又愛聽。

現在我覺得孤男寡女真的太危險。因為他桀桀怪笑的逼近我，馬車裡又小，我既不能跳車逃跑，又不能喊救命。情況十二萬分之危急。

「那就家暴好了。」他笑得一整個邪惡，「娘子，領家暴吧……來人，堵起嘴，打死！」他深深的吻了我。

這次「家暴」感覺很不一樣，兩個都很激動。唯一的缺點是，我差點窒息。從頭到尾，他的嘴就沒離開過我，所以聲音只能悶在胸腔，我差點忘記呼吸。

我終於知道他為什麼要挑一個重聽的老僕來趕這輛馬車了。

邪惡邪惡太邪惡。

* * *

仙心的身子一直都弱，但他畢竟是個血氣方剛的青少年。即使天一冷他就會有點鼻塞頭疼，偶爾還要發個燒，但要求一個初識情滋味的青少年，身邊躺著老婆卻不動念……其實還滿難的。

但大夫凝重的警告過，所以我們勉強維持三天一次的頻率（還常常守不住）。

這次出行，我很快就知道仙心為什麼不讓我來了。那一整個叫做痛苦。古代馬車沒避震器，顛得超痛。王家已經盡量把馬車打造得很奢華了，座位綿軟寬大，簡直可以當床躺，還有溫著茶水的小爐和點心，甚至有個可以收放的小桌子。但還是被又顛又搖的猛暈車。

「就說不讓妳來。」仙心心疼的攬著我。

「沒事。」我設法喝了口水，笑了笑，「我也是吃過苦的人……」

他猛然一低頭，我就知道死了。沒事我戳他幹嘛？幹嘛提醒他，我也臥病過，神經喔！

「習慣就好啦。」我趕緊說，「也讓你照顧我一回。」

他噙著半滴淚，給了我一個純淨無雜質、華麗燦爛的久違聖母笑。看著這種笑容，我就算馬上暈車死掉都行啊～

「妳這什麼表情呀？」他笑得更深，倚著我的額，「傻氣。」

在我強烈暈車下，我們很規矩的遵醫囑。但等我習慣了，熬了三、四天的仙心就熬不住，當天才投宿就讓我領家法……我是說領家暴。

但天亮他非常生氣，簡直是怒不可遏。我只能紅著臉，訕訕的跟在他後面。

他簡直要冒火星了，我不敢扶他。

這不能怪我啊。倉促間哪找得到東西堵嘴，我只能把手背塞進嘴裡，咬著不出聲。哪知道我會激動的使了力……睡了一覺沒發現，其實也不覺得疼。結果吃早飯被他發現了，整個雷霆閃爍。

走向馬車的短短路途，許多進京趕考的考生也在套馬車，上馬鞍，很是熱鬧。

他卻停下腳步，罵了一個早飯還不解氣，而且還重複播放，「……我彈都捨不得彈一指甲，捧在手裡怕摔了，握緊怕化了！妳給我咬到見血！」

我窘迫的想跳井，大哥啊！你要罵，馬車上罵，這是大庭廣眾啊！

「說話！」他又吼了。

「就沒留神……」我很小聲的回，「一下子找不到……就只能拿手……」

「我寧可妳使勁叫，也不要妳咬自己的手咬到見血！」他氣勢如虹的吼出來。

周遭都安靜下來了。我也希望心跳趕緊停下來。讓我死吧，別攔我……

鐵青著臉，我架住他的胳臂，半拖半拉的把他往馬車上扔，跟著跳上馬車，趕緊關上門，放下帘子。

「……你也看一下場合成不成啊?!」換我河東獅吼了，「我咬我的手……」我馬上住口，用力撞車壁，黃伯重聽，要這樣他才知道要趕馬車，等馬車一啟動，我立刻往下罵，「我咬我的手關你什麼事情啊？需要發那麼大的火嗎？還不都是你不讓人出聲……」

「妳喊，使勁喊！」他也叫板了，「大不了我宰了全客棧的人！但怎麼跟我沒關係，妳整個都是我的，從頭髮到腳趾頭都是！妳的手當然也是我的，怎麼能夠隨便妳愛咬就咬……」

這場架真是非常幼稚而智商低破地平線。我們吵了一整個上午才喝水吃飯休息。但吵完自己覺得好笑，又相對笑個不停，笑到肚子痛。戀愛真的很不好。非常荼毒。瞧把我們兩個心理素質這樣堅強的好青年折騰成這樣，太狼狽了。

但這場架，卻在苦悶的考生中流傳開來，成為調劑他們枯燥考生生活的八卦。我們夜裡投宿，常有考生探頭探腦，有的還伸長脖子站起來生怕沒看到。

為了不想更增加八卦性，我們這一路上真的循規蹈矩到極點，頂多在馬車上，淺嘗輒止，仙心的不滿節節高升，我也無可奈何。

後來我真準備了一條帕子在枕畔，但都被仙心抽去用在我手上……而不是我嘴裡。他言之振振的說怕我又咬他心愛的手，我倒是覺得這孩子不學好，無師自通的懂什麼叫捆綁。

雖然路途非常辛苦，我顛得全身沒有一塊骨頭不痛的。但和仙心成天打打鬧鬧，這樣那樣，倒也還能過。日後想起來，辛苦都忘了。只記得他困倦睡在我肩上，睫毛在臉頰上落下的淡淡陰影，和他壞笑著抽了帕子，把我的手捆在床柱時的表情……

還是我多活一天好了。他沒我怎麼辦？趁他睡熟，我悄悄在他斷肢上抹上一層藥膏。他若醒著我這麼做，他總是非常難受。但他不知道，我愛他愛慘了，就算是光滑的斷肢，在我眼中也是非常可愛可憐的。這是我的大將軍，英勇對抗傷痛的證明啊！

他輕輕動了一下，我吻了吻他的斷肢，在他身邊躺下。

他半睜眼，「琳琅。」彎起一個睡意深深的笑，「我定會三元及第，替妳討個誥命來。」

第一次，我沒有搞笑的心情。我很輕很輕的吻他的眼皮，把他像是孩子一樣，抱在懷裡。

第十一章

抵達京城時，已經日暮。

京華煙雲原來是這樣……薄薄一層塵土浮在北京城上，讓夕陽一照，像是暈黃的雲靄。

我一下子看呆了。突然想起我唯一一次去的一〇一，是我妹帶我去的。輪椅還卡在電梯口很尷尬，好不容易才到觀景台。我妹還抱歉的說，應該晚上來，但老媽不讓我晚上出門。

其實我非常感謝，白天很好，真的。我第一次看到我生活一輩子的台北，原來是有這樣昏黃的霧縈繞。

陽光下的台北，陽光下的北京城，突然在我淚眼模糊中融合為一。

我頭回軟弱，頭回思鄉。我想是因為我已經放下心來。只有那些被愛著、被呵疼著的人，才有權利軟弱。

「怎了？」環著我的肩膀的仙心細聲問。

「我想到家鄉……」我微哽的說，「叫做台北。」

他安慰的摟緊些，「以後，我就是妳的家鄉。」

肉麻歸肉麻，但他是在跟我保證呢。他的懷抱，我隨時可以回去，不用思鄉。

我們安頓在周大人的弟弟家裡，沒去他那個恩師家，他的恩師還發了頓脾氣，仙心親自登門拜訪，力陳必須避嫌才罷了。

當然，他走到哪都把我帶著。==

我不是不能體諒，也不是不能了解。他還是個青少年嘛，初戀總是最美。我們又正式戀愛沒幾季，恨不得時時刻刻在一起。何況他一直有種錯誤的觀念，覺得若不是我來到他身邊，他早就死了，哪會有今日。

若他是個二十一世紀青少年，恐怕會抓著大聲公沿著台北市大馬路吼：「這是我老婆！我愛她！」其實每個熱戀的白痴都想這麼幹，有沒有臉皮幹而已。

但這不是熱情奔放的二十一世紀，而是非常保守的大明朝。

結果他在江蘇的所作所為立刻回饋到京城，他出門拜會文友或文友來訪，我只好坐在他旁邊幫他佈菜、噓寒問暖，充當他的隨身婆子。幸好我們這次來只帶了兩個小廝和兩個馬夫，總共兩輛馬車而已。沒人在我耳邊八卦，我也樂得當鴕鳥。

但被我磨了一次，仙心獨自出外拜客兩天，就傷風了。我無聲的嘆息。仙心讓婆子丫頭、爹娘哥哥這樣捧著護著長大，他忍耐力又強，不到很不舒服都不吭聲。小廝畢竟比較粗心，怎麼懂他會冷會熱，吃什麼喝什麼。

考舉子的時候是秋天，正好天公作美，沒讓他多受折騰，回來還是感冒了一場。春天晚娘臉，又逢春夏交際，更要經心……他這公子哥兒只會寫寫詩文、做做生意，哪會照顧自己。後來我就很認命的跟去當保母。反正名聲早傳開了，久了也麻痺了。連別人起鬨，我都能泰山崩於前不改其色了，照樣剝我的蝦仁餵仙心。

反正他們是忌妒。咱們不跟忌妒的古人多計較。

那陣子仙心很是舒心快意，他一高興起來，人家請他唱歌，只要我在席，他就不會拒絕。震得那些小樣兒的文人才子目瞪口呆。還有人寫詩讚嘆，一揮及就，很可惜這歌聲只能被林氏獨占。

……別以為我看不懂啊，混帳！

「跟那人離遠一點！」我小聲恨恨的說，「更不要對他笑！什麼賊眼，這樣看你……」

他無聲悶笑，樣子真是可愛到極點，「琳琅，我愛妳吃醋的樣子。」

我塞了他一嘴餛飩，瞪他一眼，「那也不要以身飼虎！回家我表演給你看，你還可以指定醋的大小。看是要小杯陳醋茶壺生波，還是醋海翻騰……」

他被餛飩噎到了，嗆咳了一會兒。

「你怎麼一點進步也沒有，」我小聲埋怨，一面幫他拍背，「我的特訓都白費了……」他連連擺手，最後乾脆伏在我懷裡咳笑不已。

這次我沒害羞了，大大方方的拍他的背，刺了那個心懷不軌的所謂才子一眼。把仙心比喻城凰鸞，欺負我不懂是吧？

你才是母的！你們全家都是母的！

待上馬車我還不解恨，跟仙心說了我精闢的感想，他在馬車就打滾起來，抖著手，氣都喘不過來，「什麼他們家……母的……」連話都說不利索。

「你這樣不行，」我嘆氣，「隨便逗逗就笑，太不矜持了……」

笑到不喘氣的人，最怕聽到「笑」這個字。等仙心終於不滾了，已經含著淚，靠在我肩上，氣息微弱的說，「娘子，妳不謀財幹嘛害命呢？……」

最少幽默感培養出來了。我露出欣慰的微笑。

待要入闈了，這我是不能跟的。前一夜我就沒怎麼睡，憂心忡忡。

「書僮可以跟進去的……」看我雙眼發光，他很快掐斷希望的幼苗，「妳想也不用想。小八會跟我去。」

「小八才幾歲人，會懂照顧你呢……」我咕噥。

他溫柔的看我一眼，「妳夫君也是吃過苦的人。」他摟了摟我的肩膀，「等著。我定會三元及第，替妳報一箭之仇。」

「沒有就算了，考試很講運氣。」我疑惑了，「什麼一箭之仇？」

他說了個陌生的名字，我大惑不解。一說到那首把他比喻成凰鸞初浴的詩，我相信若眼光可以殺人，那傢伙已經死了。

「他是最有希望奪得狀元的人。」仙心瀟灑的擝擝一塵不染的白袍，「我會讓他知道，得罪我娘子是多麼嚴重的事情。」

……不、不必這樣吧？

但仙心是個言必信，行必果的古人。他這個出身商賈，南方來的病弱公子，身擔驚世駭俗的「寵妻」名聲，卻一舉得魁。他還很抱歉，說沒爭取到帶我遊街。我說，「沒關係，你知道我的魂兒都是跟著你的。」

跟他一起前來的榜眼和探花一起衝出門。我猜是要找地方宣洩一下中午的過期飯菜吧？這飯館的衛生真的很重要，怎麼可以荼毒榜眼和探花呢？當然，跟我們一點關係都沒有，我敢肯定。

*　*　*

朝為田舍郎，暮登天子堂。皇帝把進士們邀去吃飯喝酒，當然沒我什麼事情。

仙心拿到狀元，坦白講，我沒什麼感覺。反正仙心是大神級人物，做什麼我都不會意外了。想想之前那個蠻姑兒眼神真差，其他姑娘也沒眼光。這麼好的神級人物卻因為面目平凡，少條腿而已就不知道欣賞，太太膚淺。

我不禁有些自鳴得意，頗有小人得志的感覺。咱沒出息沒關係，居然隨便摸也摸到一個極品。天才中的天才啊，當初我抱著他撫背的時候，還真完全沒想到。其實他不那麼天才，我也一樣愛，只是這樣天才就生出崇拜的感覺。

沒辦法，我有嚴重的英雄崇拜。不然怎麼唯一的偶像會是英武的霍去病呢？

但仙心這頓飯也吃太久了，太陽漸漸西斜，不是還有宮禁和宵禁麼？我正等得焦心，周大人（江蘇周州判的弟弟）遣人來說，皇上招我晉見。

我瞬間五雷轟頂。這是出了什麼事情啊？我還糊裡糊塗，周大人的妻妾和丫頭一擁而上，開始替我更衣化妝，我只接受了畫眉，而且還沒仙心畫的好看。

要不是傳旨的公公還在外等，不知道要往我臉上怎麼塗牆呢！

但我渾渾噩噩的，不知道出什麼事情。

我坐在馬車裡，整個心七上八下。從來沒聽過皇上要見狀元老婆的。還是仙心惹怒了皇上，滿門抄斬，先斬我這個在京裡的？但也沒聽說過死刑犯用這麼豪華的馬車運送啊……

進宮又被領著急走。紫禁城啊故宮……可惜我一點心情欣賞也沒有，只顧著小跑。等我覺得我會累死的時候，已經到一處庭園樓閣，抬頭只見字寫得龍飛鳳舞，只認識林那個字。我就說我草書讀得很差。

看起來進士宴已經散了，眼前除了狀元、榜眼、探花三個人，就是幾個身穿紫袍、紅袍的，我想是陪著皇帝逗趣的大官吧。

至於皇帝，和我想像的不太一樣。他沒帶那種前面垂珠子的皇冠（廢話！），看起來大約三十來歲，面白有鬚，完。

我怎麼不看清楚？那又不是我老公，我看幹嘛？

我比較擔心正撐枴站在一旁的仙心，他面目沉靜淡然，但我知道他在鬧倔性。我呆了幾秒才趕緊跪下來，口稱萬歲。

「朕以為是怎樣的國色天香呢。」皇帝居然冷笑一聲，「狀元郎，你就為這庸婦抗旨？」

我偷偷抬頭，看到仙心生澀卻不失悠然的撐著枴跪下。我的心猛然一痛。今天我就知道他會不停跪跪拜拜，所以幫他在斷肢裹了個厚墊。但一定是痛的，這傻瓜，皇帝讓他站著，他跪幹嘛？

「啟稟皇上，糟糠之妻，卻救臣於垂危之中。傷肢淋漓，臭不可聞，拙荊親自料理，從不假手他人。微臣幾欲求死，蓋難忍病痛之苦……憐拙荊劬勞至極，目不交睫，依舊生死與共，才不捨偷生。

論夫妻恩義，恩深義極，遑論男女情愛，豈但朝朝暮暮？微臣思之，窮究一生亦無以回報拙荊深情重義，唯一誓耳。曲藝，小道也，非士大夫當所用心。然，拙荊別無長物，獨吾耳，惟啟唇齒方得她略微開顏，不至終日為臣所憂……」

我這角度剛好看到他完美的側臉。他大概把這生的聖母笑和完美憂傷的儲存量都拿出來了，那一整個叫做天衣無縫、唱作俱佳呀！

他說的那個人……真的是我嗎？我每餐都吃三碗飯，整天笑嘻嘻，幾時憂愁到要他唱歌才開顏？

謊言謊言太謊言。大人的世界真可怕，說謊面不改色、不用打草稿的仙心更可怕。我只能把頭一低，滿臉通紅、羞愧至極的看仙心演大戲。他若到二十一世紀，準可以抱個金馬獎回來。假的……太誠懇。

看起來皇帝被他唬爛的找不到北，龍目微紅，異常和藹可親的請仙心高歌一曲。他推辭都是鄉野俚調，是邪魔外道，不堪奉君。

後來旁人也紛紛勸說，還是皇帝說了句，「林氏起身吧，哪有跪著聽的道理是不？」

我知道沉默是金，但看仙心跪這麼久，根本是跪在我心臟上，疼極。我硬著頭皮，「啟稟聖上，民婦……不用起身，跪著就行。但我夫君……我夫君膝腿不好，能不能讓他坐著？他該跪的份，我跪好了……」

我頭皮發麻的發現，又是熟悉又可怕的寂靜。

仙心望過來，一滴淚滑過他平靜的臉。

……別演得這麼過火煽情好不好?!

結果我們倆都有椅子坐了，仙心非常從善如流的開口唱，但聽第一個音我就想打他，你在大明朝的紫禁城……用蘇州話混過去，以為我不知道唷？你怎麼可以在這裡唱「One night in 北京」啊?!

當然，歌是好聽的，他的嗓子是金剛鑽的。但這不是大明朝會欣賞的曲調（廢話！），只是我個人喜愛罷了！即使如此，還是電翻了大明朝的大老闆和小老闆們，去時一人單馬車，回時雙人三馬車，有兩車都是賞的。

我們交握雙手很久，我才開口，「這算欺君嗎？」灌水灌那樣……真沒問題嗎？

「不算吧。」仙心氣定神閒，偏頭想了想，「情感是真的，其他只是誇飾法。」

我有點冒汗。

「你幹嘛唱那首？你明明知道那不是這邊的歌……」我怒了，「而且你跟皇帝叫什麼板？他叫唱就唱啦，他是大明的大老闆，你倔什麼……？」

他輕輕笑了一聲，「娘子，我的確發誓只唱給你聽。而這誓呢，讓我們免禍哪。」

這個大明朝，可以說舉國瘋雜劇，連皇帝都不例外。安康帝還會微服偷偷溜出去聽戲，可見早成了國民最大娛樂。老天爺賞飯吃就不容易了，何況像仙心這樣賞滿漢全席的。

都有那種什麼才子的敢寫詩感嘆，有些皇親貴冑更有垂涎之意。只是他考上了狀元，層級提升到皇帝，又聽說了這一身新聞的新科狀元有把好嗓子，更想開開眼。

正因為他對我發過誓，他拿來死擋，又唱了首這時代不怎麼欣賞的流行歌，卻無損他自己的金嗓名聲。都能感動皇帝，不去勉強他了，其他人能大過皇帝，敢來勉強他嗎？

腹黑腹黑太腹黑，誰都敢算計，連我們那甜蜜蜜的誓約都算計進去。

「誰說的？」他橫我一眼，「我說了，每個字的情感都是真的。我就是有那麼愛妳，皇帝砍頭我也不怕。」

我已經很久沒看到他臉紅了。結果，連我的臉也跟著紅了。

回去我幫他解開墊著斷肢的軟墊，發現都破皮了。我心疼得眼淚汪汪，等侍女傳了熱水來洗浴，我親自去謝周大人，說仙心真累壞了，需要休息，明日再來拜謝。

等我回來，他居然還沒洗，旁邊侍女尷尬的勸他。

「不敢勞駕。」他輕笑，「有我夫人就行了。」

我沒說什麼，挽袖照顧他洗好，穿好衣服，才自己洗澡洗頭。等我洗好出來，他還拖著一把溼漉漉的頭髮，神情有些痛楚的撫著斷肢。他在外人面前，總是彬彬有禮，溫文儒雅而淡定。在我面前，就像個大孩子。但唯一不能碰觸的點，就是他的腿。他一直很怕我看他的腿，恨不得藏起來。

我懂。

看到我進來，他馬上蓋了被子。我只拿了一疊布巾，一條條的拿來幫他擦乾頭髮。等乾得差不多了，我幫他梳順，讓他散著乾。

他抬頭看我的時候，唇會微微張開，其實很誘人。襯著溼漉漉的長髮，我生出一種柔情絞著酸楚的感覺。

取了藥膏，我掀被，小心的擦乾他的斷肢，在破皮處抹上藥。他半躺在迎枕上，別開臉。我小心的避開那些破皮處，一下下的親吻他僅剩的大腿，膝蓋以下已經沒有了。

我知道他難過，我真的知道。他總覺得難看，也羞於讓我看到。但他不明白，真的不明白，我知道他努力到什麼程度……他為了愛我，多少次疼得抱著斷肢咬牙忍耐。

我沒阻止他是因為我很愛他。他想要證明他是男人，我就讓他去。但不能阻止我也愛這歷經傷痛的證明。

等我吻到大腿內側時，他發出一聲很輕卻顫抖的深嘆。大概他全身我能吻的都吻遍了……連重點都……

反正，他很滿意，甚至有點瘋狂了。我們終於找到他負擔最小，絕對不會弄痛腿的姿勢，我沒想到沒扶手的椅子原來不只是拿來坐而已。所以說啊，需要就是發明之母啊！

回江蘇後，仙心親手畫了一張椅子的草圖，造了一把沒有扶手的高背椅。但雖然外觀看起來跟別的椅子沒什麼差別，只差在沒有扶手……

但那張椅子，除了我們，是誰也不能坐的。

第十二章

那年夏天，衣錦還鄉，皇上封仙心一個大學士的官，是個榮譽銜，但也是有俸祿的，讓我們回家了。還封了我一個孺人（這我不知道是幹嘛的），並送了鳳冠霞披。仙心本來興致勃勃的說要再成一次親，並且要親手掀紅蓋頭時……他卻失去這次機會。

因為，我有了。

其實我還真不知道我有了。當然仙心也不知道。他剛有這張高背椅，正是興致勃勃的時候，要不是二嫂和四個小妾正式開打，二哥回來救火，他得去浙江坐鎮，他還捨不得走哩。

以前浙江難搞，就是因為浙江州牧不但貪，還貪得很愛面子。這種人超難搞的，管事不知道換幾個，實在沒辦法，這攤生意又不比江蘇的小，只好讓二哥辛苦往來，才算是鎮住陣腳。

本來大哥自己要來，但若他來就要一切重頭開始打點人際關係，仙心就沒這問題了。他是三元及第新科狀元，皇帝欽賜的大學士，還給他一個風聞參奏的權限（當然他絕對不會用的），頗得聖眷。

皇帝都覺得有了仙心，他的文治大業終於圓滿了。即使御史參了仙心一本，說他薄浪無行，專在女人身上下功夫（賣化妝品），皇帝也是意思意思罵兩句，「罰」他送個兩車化妝品來當御貢，後來大概皇后用得好，又追加若干。

這簡直是不用錢的皇家廣告啊！本來只是為了給我用的化妝品賣個翻天，更表明了皇帝是多麼迴護這個得來不易的三元及第狀元郎。

於是浙江州牧突然諂媚起來，絕口不提該有的孝敬，反而很孝敬仙心。那個腹黑到爪哇國去的墨餘君，當然遊刃有餘的耍著那班大官玩，原本停滯的浙江業務跟著順風順水起來。

他在浙江忙，我在這邊要幫二嫂和小二嫂們拉幫勸架，也很忙。以前仙心都不讓我跟那些妾室們多來往，現在不是我來不來往的問題。而是林妹妹的二嫂鬧不吃飯，小二嫂們鬧上吊、鬧生病，家翻宅亂，王熙鳳忙著家務和彈壓也有點蠢蠢欲動的小大嫂們，只剩我這閒人還能去勸兩句了。

但仙心不在，我的確清閒許多。我多了時間練練毛筆字，翻翻醫書。陪著仙心久了，我跟主治大夫見面見多了，也學了點。所以我也能把脈，只是看得不很準罷了。

這天我當作是玩兒自己把脈，卻覺得有點兒不對。這脈象強而有力，怎麼多了一絲若有似無又強勁的感覺呢？

正納悶，剛好大夫去看了二哥某個小妾，打前面經過，我叫住了他，「大夫，我的脈象似乎有點怪異。」

他是王家的家庭大夫，禮金是整年給的，往來還給車馬費。但誰也不知道他姓啥名誰，也只給王家人看病。聽說是王家祖上給過恩惠，他回來報恩的。

他長滿皺紋的臉懷疑的看了看我，大概是我太紅光滿面。但因為我「略懂」的醫學常識，我們算相處的不壞。他也懶得請脈，就抓著我的手腕隔袖診了起來。

他呆了半晌，又把我請到涼亭，仔仔細細的把了一刻鐘。

「希罕啊希罕，」他驚嘆，「老夫來王家五年有餘，頭回在王家診出喜脈！恭喜三夫人，妳有喜了。」

我瞪著他，找不著自己的聲音。我想，你不知道「有了」，在王家是怎樣的一個概念吧？

王家有幾個特點：冰點低（冷靜度）、笑點低（很不矜持，隨便逗隨便笑），和生育率非常低。

幾代單傳，你就知道這家的生育率有多淒慘，單傳是真正的單傳，連女孩兒都沒有。

二哥比仙心大十歲，大哥比仙心大一輪。大哥一妻三妾，二哥一妻四妾。打從十五、六就結婚，到現在，連個蟑螂都沒生出來看看。不是說流產或早夭喔，是完全沒有動靜。苦得這兩哥兒只能把小弟當兒子養，妻妾連鬥都沒啥力氣鬥。

我猜是家族遺傳的精子稀少症之類的吧？可憐絕育症不會遺傳，這種毛病卻可能遺傳……

其實我早就想過，但覺得沒啥。反而省得避孕呢，哪知道就這麼幸運（或不幸）的中獎。

結果二哥院子裡的內鬥瞬間被武力鎮壓，王熙鳳拿著菜刀衝進二哥院子，威脅任何人敢再家翻宅亂，鬧得雞犬不寧，驚了註生娘娘，馬上把人剁來進補給三妹妹吃。

……我知道那三車皮草讓她賺不少，但也不用這麼誇張吧？

更讓我吃驚的是，我已經懷孕快四個月，只是不顯。我只覺得最近胖了不少，以為是吃太多。算算時間，應該是在京城的時候有的。

……該不會是高背椅惹的禍吧？

本來打算回來再行一次婚禮的仙心，快馬加鞭的騎馬奔回來，都不怕羞了，讓小廝背進來，瞪了我好一會兒，「……真的有了？」

這幾天我已經讓喜得幾乎發瘋的哥哥、嫂嫂騷擾習慣了（是說你們那麼高興幹什麼，忝為王家人啊王家人……），我很冷靜的回答，「四個月了。」

他做了一件我很黑線的事情。

仙心深情款款的摸著我的肚子，說，「兒啊，快喊爹！」

我說這個健康教育很重要，真的是非常重要。就算生出來也得一年兩年才會喊人，還在肚子裡你逼他喊，他就算真的行，你不覺得是妖怪投胎麼？

看他喜成那樣，我就很無奈的代孩兒開口，「爹。」他笑得滿床打滾，這次我確定他不是因為笑點低了。

*　　*　　*

這是王家二十年來第一次「有了」。

等我知道這個正確數據，默然無語好一陣子。仙心說什麼都不肯去浙江了，二哥也不幹，他說小侄子出生他沒看到怎麼辦？

（二哥，還有五個月啊五個月。而且小侄子出生，你在要幹嘛？你會接生？）

三兄弟你推我讓，最後把總管踹去浙江坐鎮，仙心一個月去個一次晃晃。

我知道在王家，孩子是希罕寶貝，但也沒希罕到這樣吧？三個大男人湊在一起傻笑，現在就在取名字。在那兒憶苦思甜，大哥說，就是生了他，才招了二弟、三弟來，所以他們兩兄弟後繼應該是有望了。

二哥說啦，女孩子更好，就叫招弟，一定可以招個六畜興旺……（然後被大哥巴腦袋）

三個大男人都站在外間說話，非常興奮而嗓門大。當中最響的，是仙心。

唉，男人嘛。能讓女人懷孕證明男性雄風，算是非常重要的大事。他現在真是趾高氣揚到了一種可怕的程度。

但某天我午睡醒來，正接過白娟遞過來的銀耳湯，又聽到仙心那叫一整個得意洋洋，「……當然是我把滿身的精華都給了琳琅，別無他傳，所以才……」

沒噴銀耳湯。鍛鍊已久，我用畢生的修為把那口銀耳湯硬生生吞下去，連咳都沒咳一聲。

我冷靜的問白娟，「三爺跟誰說話呢？」

白娟平靜的回答我，「跟大爺和二爺。」

我點點頭，喝完那小碗銀耳湯，「跟三爺說聲，天漸冷了，外間又沒炭盆，冷得慌。請去小書房說話吧，那兒暖多了。」

白娟平和的回答，「是，姑娘。」她就掀帘出去了。

幸虧白娟跟我一樣冷靜，稍微保住了王家冷靜的家風。這年頭，王家人都不王家人了。

你以為大嫂、二嫂很冷靜？才不呢。她們現在放下一切恩怨，化身為童裝夢工廠了。男的女的都做，還比雕龍繡鳳的。我想，生個六胞胎從出生穿到二十還有找，我真怕她們連壽衣都做了。

王熙鳳更牢牢霸住廚房，謹防出任何意外（是說誰會給意外……），每餐飯都要用銀筷子試吃，非常誇張，我已經到了無語問蒼天的地步。要不是我老發睏，恐怕一天都要來個幾趟，一家子亂烘烘的。

仙心一輩子都沒那麼克制過……我是說，我們初次接吻以後，他規矩得令人沮喪。我覺得我一定是又肥又老又醜，他才那麼規矩。

孕婦嘛，總是多愁善感。我跟他說了，眼淚不要錢的掉，他慌得指天誓地，抱著我哄很久。「……大夫說是雙胞胎。」他又喜又憂的說。

「雙胞胎就雙胞胎。」我憂鬱極了，「我知道了，你不愛我了。兒啊，我們母子仨好可憐，現在你爹就不愛我了……」

「哪有哪有！」他扭了半天，才害羞的說，「只是才碰妳，我、我就有點忍不住……」

他也真不敢做什麼，六個月以後，我的肚子跟吹氣球一樣。只能抱抱親親了。後來他去浙江巡鋪，才走沒三天，我越想越憂鬱，哭了一場，寫了封信給他。

跟他說，欲望這回事呢，的確強而有力。他又是個年輕人。真忍不住偷了葷，找那方面的職業婦女我可以諒解，不可以去糟蹋良家婦女的感情和身子。我是個醋海，真到他討小回來，我不敢爭，但也沒辦法待下去了，讓我把孩子養大再還給王家……

越寫越難過，還大哭一場。等信寄出去，我躺在床上躺了一整天，飯都不想吃了。

結果他的信火速送達，上面只寫了幾個字，也不之乎者也了。「欠著。回去把心挖給妳看。小沒良心的。」

就這麼幾個字，我當餐就吃了三大碗。

他回來的時候咬牙切齒，我肚子那麼大，他又不能真的把我抓過去打屁股。當晚就把我「就地正法」了，「以振夫綱」。

不過因為我們身體都有不方便的地方，笨手笨腳、滿頭大汗，笑場的時候居多。到最後終於成功了，汗津津的對望，我覺得他是世界上最好看的人，而他的表情告訴我，這個水腫到臃腫、慘無人形的孕婦，是他眼中最美的女人。

「還要我挖心給妳看？」他貼在我頸窩輕聲說。

「哪裡捨得？」我疲倦的撫著他的臉，「可不是在我心底了？」

「是呀，咱們是一個心的。」他咬了咬我的耳朵，「還故意氣我呢……沒良心。」

抱緊他，我沒講話。我也不懂，為什麼會變得這樣脆弱。我想是因為懷孕的關係，荷爾蒙還是啥鬼的分泌過剩。也可能是，我也很害怕生產。

閩諺說：生得過，麻油香。生不過，四塊板。或許就是心裡有太在乎的人，所以我才這樣畏縮怕死。

「我愛你，仙心，夫君。」我低低的說。

快要睡著的仙心輕輕回答，「我也愛妳，琳琅，娘子。」

天快亮的時候，我開始陣痛。而我懷孕，剛滿九個月。足月雙胞胎。

第十三章

正確來說，發生了什麼事情，我一直都迷迷糊糊的。

巨大的疼痛撕碎了我，我真的很努力，但我生不出來。我知道一定是出了什麼差錯，我猜是胎位不正之類的……但三個穩婆，卻束手無策。

我還記得的是，仙心不顧禁忌衝進來，在陣痛和陣痛中的緩和期，我緊緊握著他的手，希望汲取一點勇氣。

真的完全捨不得他……但若不當機立斷，三條命都完了。

「把大夫叫來。」我嘶啞的說，他把耳朵湊過來，「把大夫快叫來。」

「……做什麼？」他面容大變。

「剖腹產……」這個時代的醫學條件太差了，再拖下去，三個都得一起死了。「孩子要拜託你了……」

「不！不行！」他的臉都扭曲了，「妳別想甩了我！琳琅！安平！」

這是他第一回喊我前世的名字呢……

後來我就不記得了，只知道很痛很痛非常痛……最後連痛都沒力氣了……

等我身子一輕，已經置身事外。

這場景很熟悉。

我站在身體外面，看著底下昏迷面帶死色的蠻姑兒。仙心已經被架出去了。我略感安慰。真不希望他待在這兒撕心裂肺，我又一點辦法也沒有。

一轉頭，我嚇得差點跳起來。

那個人形而龍身的猛男站在我旁邊，披散著漆黑的長髮，頭上戴著五色王冠……仔細看才發現是活蛇。

「我找妳很久了。」他的聲音很緲遠，不像外貌，反而有溫厚的感覺。「吳安平，我殃及了妳，害妳也跟著來。現在該修正這個錯誤了……」

「慢著！」我厲聲，「哪有這樣的，說錯就錯，修正就沒事？若是修正就沒事，這世界還需要警察做啥?!」

他眼露訝異，「怎麼說？」

「我的身體沒了，對吧？」我跟他討價還價。

「是。」他嘆息，「但我能讓妳回去妳的時代，找個陽壽未盡、魂魄已去的給妳。讓錯誤得到修正……」

「拜託你繼續錯下去，」我立刻拒絕，「我在這兒過得很好。只是孩子生不出來，你有辦法嗎？」

他盯了我一會兒，「妳不回去？妳的時代比這個異界舒適、和平。」瞥了一眼瞼上死色漸濃的蠻姑兒，「也不至於懷個雙胞胎，就因生產而死。」

「那不要緊。」我毅然決然的說，「大不了這胎生完不生了。」

「就算想生也不能生，妳已經受到太大創傷。」他平靜的說。

「那不更好？」我滿不在乎，「連避孕都免了。」

他更盯著我看，像是要在我身上盯出兩個大洞。「妳的夫婿，四肢不全。」

「那有什麼關係？」我嗤之以鼻，「那是其他男人多了條腿，不是我夫君少一條。」

「世間男子皆薄倖。」他眼神一冷。

我上下打量他，雖說下半身是龍我還真看不出……呃……但看他平坦雄壯的胸肌，應該是男性吧？

「我並非凡俗男子。」他眼神更冷了。

「或許男子皆會薄倖吧？」我爽快的回答，「現在我們熱戀，當然相愛異常。說不定有一天，彼此熱情會冷卻，他會移情別戀，誰知道？但為何要為了還沒發生的事情哭？且注視當下吧。一步接著一步，說不定就可以通往永恆呢。」

他注視了我很久，卻沒說話。我等得正不耐煩，仙心又闖進來了。

我的心，疼極了。

他披頭散髮，眼神狂亂，撲在滿身血污，半身赤裸的「我」身上，仰首發出一聲悲絕的狂叫。

「安平，妳回來呀！我什麼都不要了，孩子還是功名，再拿去我一條腿也成……」他發瘋似的不斷吻「我」，那個身體漸漸冰冷了，「留下來……或我跟妳走！」

是了，我還沒跟他講《海角七號》呢。我還有很多話想跟他講，很多很多，很多很多。

我想碰他，可是碰不到。他那麼痛苦傷心，簡直被撕成碎片，我又替不得他。我才知道，真正的痛苦不是加諸己身的，而是妳愛的人在妳面前悲欲成狂，妳卻無法安慰他，擁抱他。

「因為損傷太大，」猛男終於開口了，「所以有很長一段時間，妳將不能行走。這樣，妳也想回那嗎？」他露出一絲微笑，有些譏誚的，「若是我送妳回去，妳將有非常健康的身體，衣食無缺，青春美貌，我保證。」

這還需要考慮嗎？以為我沒癱過？當然，久病床頭無孝子，何況夫妻。但我願意相信仙心一回，就算將來他沒辦法善始善終，我也不怨他。

只要能停止他欲狂的悲痛就行。

他輕笑了一聲，神情舒緩下來，面如珠玉般溫潤，「人類，似乎也不是那麼薄情寡恩。妳若和他能善始善終，直到妳六十二歲壽終時還如此相愛，我就送你們一個禮物。」他的聲音漸低，「答謝你們沒讓我對人失去所有信心……相信她的苦楚能有停止的時候……」

我的身體漸漸飄起來，我知道我能回去了。

「大哥，」我想到趕緊問，「女醫生呢？」我當然很關心這對……神仙眷屬的結果。

「剛滿三歲吧？」他淡淡的說，「希望這世別再讓她孤老以終……我已經付出所有……」

你又沒把自己放上去，那算付出所有？什麼叫付出所有？就像仙心這樣。打動那猛男的心，是仙心悲絕得要發狂的吶喊。

一進入身體，就只有……痛痛痛痛痛……

我大大喘口氣，用盡全身力氣喊，「仙心！」

然後我就糊裡糊塗的把孩子給生了。一子一女，剛好是個「好」。一屋子哭得非常熱鬧，我疲勞欲睡的看著兩個張大了嘴哭的孩子……

一下子有了兩個，真奇妙。

但仙心卻揮臂把人趕開，「安平！安平……琳琅，娘子……」撲在我身上，抱著我脖子哭了又哭。

我錯了，是三個。

恐怕我這輩子都得寵著疼著這個大的，兩小只好請奶娘多費心。反正還有哥哥、嫂嫂不是？兒啊，別怨我。要怨就怨你們爹長不大。

「捨不得你，所以回來了。」我漸漸滑入睡眠的掌握，「我捨不得你呀，癱了也要回來。我的小正太……」

你哭著臉我多心疼呀。再見啦，我的腳。拿你們換仙心不再流淚……我覺得很值得。

＊　＊　＊

我猜猛男是某路神仙，伏羲、女媧之類的，不然哪那麼大的本事，能撕裂穿越時空。

但我不知道神仙也會唬爛人。

我都作好癱瘓一生的心理準備了，結果他的「很長一段時間」，居然只有三天。神仙也騙人，真是無語問蒼天。

聽說我生足了一天一夜，還有段時間停了呼吸，心也不跳了。大夫已經要進來剖腹救兒……仙心扶門揮枴杖趕走所有的人，發瘋似的連穩婆都趕走，倒鎖了門。

接下來的事情，我不忍心再回憶。偶爾夢到，每夢一次就哭一次。

仙心有段時間很不正常。完全拒絕看孩子，我在坐月子的時候其實不能同房，他發起大脾氣，砸碗砸碟，淡然從容的模樣都無影無蹤。

他蒼白消瘦，比大病一場還淒慘。日夜都守著，夜裡還會突然醒過來哭，摸著我還有沒有呼吸心跳。

我知道他很害怕。男人啊，一輩子都要女人扶著。在仙心身上特別是。

像是哄孩子一樣抱著他，安慰了又安慰，再三保證。我還跟他講了那段精彩的瀕死經驗。

「我會活到六十二歲。」我跟他說，「既然要檢驗我們是否善始善終，那應該是同時了。」

他溫順的靠著我，「夠了。」

「但我不會再有孩子……」

他臉色大變，簡直慘無人色，厲聲說，「再也不要了！」

真的是嚇到了他。我們過了一段非常純潔的婚姻生活，他跟我親熱，寧可難受得在床上滾來滾去，也不敢對我這樣那樣。直到孩兒都滿周歲了，喊他爹，他才對孩子有好臉色，只是孩子黏我的時候，他會極度失落。

自從這次差點把命給丟了的生產，我的體力也變得很差，開始換我只吃半碗飯而且還吃不下。換仙心再三哄我吃飯。

至於為什麼會哄著哄著，解除了他的心理障礙，還讓他狂叫，「滾！誰也不准進來！」

我想是不該在那張高背椅餵著吃飯吧？

糟糕糟糕太糟糕。那是一張如此糟糕的椅子。

這對雙胞胎非常可愛。母親嘛，母性濃厚，總是第一眼就產生出來。男孩子反而像我，顯得清秀，個性卻像他爹，外表淡然卻異常聰明，頗有腹黑的潛質。

女孩子個性像我，開顏就招人笑，外表卻像他爹，五官端正而已，笑起來那叫燦爛繁星。

危險危險太危險。

將來要將她聘給怎樣的人家讓我很煩惱……雖然她才兩歲而已。

至於仙心嘛，父性發展遲緩，直到他們快兩歲才疼入心。他給他們取了名字，讓我好一陣子笑。

女孩兒叫做王琳，男孩兒叫做王琅。但他堅持男孩兒是哥哥，要愛護妹妹，也比較疼琳兒。

「你連取個名字都偷懶。」我笑著抱怨。

「才不是，」他回嘴，「這是世界上最美麗的名字。不是這樣兒，我才捨不得拆給他們。」

我們成親四、五年了，孩子都這般大了。但我看到他漸漸成熟的臉孔綻放笑容，依舊覺得是我的小正太，我的大將軍。

我想就算滿面皺紋，臉上有白鬍子了，我也會這麼覺得吧？

他一笑，我就覺得無比可愛，燦爛輝煌，照亮我的生命。

……非常俗爛的感想，但我喜歡。

平常他願意讓孩子纏著，只有早晨散步死都不給人跟，常讓孩子抱怨。他總是理直氣壯的說，「娘整天都是你們的，到我手上都在瞌睡了。現在，娘只是我一個人的。」還很幼稚的對孩子們做鬼臉。

我默然無語。這一生，真的是三個孩子。最大這個還最難搞。

他總是攬著我的肩膀，撐著枴杖，慢慢的在園子裡散步。被我逗得哈哈大笑，或者逗得我笑個不停。雖然笑點還是一樣低，但他的幽默感和搞笑度節節上升，讓我很有成就感。

更多的時候，我們只是慢慢走，慢慢走。偎著他，看他輕輕說話，薄薄的唇。替我簪花那種專注的神情。

像是天地間只有我們兩人，慢慢走在煙雨江南中。

他輕輕嘆息，「我的一生，已然圓滿。」

我踮起腳，輕輕吻他的唇。細細的春雨朦朧如霧，茉莉花拂了我們一身，香氣久久不去。

他溫柔的看著我，綻放令人眩目的美麗笑容。

我也跟著笑了。

現代小番外　魔獸江南

二十一世紀初，魔獸世界。

一個叫做「墨餘君」的人類男術士正在大河之心釣魚。為了釣那隻該死的龜座騎，他已經耐心的釣了十天的魚了。

什麼情人節任務他都無心去做……應該說，情人節跟他一點關係都沒有。

坐在螢幕前的，是個「型男」。最少他的同學朋友都這樣講。但他心底很明白，所謂型男，就是五官平凡，但略有氣質，穿著打扮還算得體的人罷了。他今年大三，身高超過一百八，是動漫社的社長，因為修長卻不顯瘦弱，常是社裡腐女們最熱中配對的對象。

為什麼加入動漫社他也很納悶，其實他比起動畫、漫畫，說不定還更熱中寫程式和打電動。常有人崇拜的說他是大神級人物，寫得一手好字，能作曲唱歌，雖然他只在迎新會唱過一次……立刻造成絕大轟動。他本科的程式更是厲害，大二就被國內的知名大公司內定走了。

而且他電動打得很好，是神手級人物。但他覺得這些都沒什麼。老天爺賞滿漢全席……他老想到這一句。就像他許多ＡＣＧ的梗和台詞都無師自通，根本沒看過那些動漫畫。

就是知道了、懂了，無須解釋，而且用得很流利。

他覺得會進動漫社是因為一種熟悉的氛圍……但進來久了就沒感覺。或許是為了照顧這些沒用的社員吧……他一個下午可以搞定的社刊，他們可以灰頭土臉弄上一個學期還二二六六。

浮標動了，他拉竿，終於釣上了那隻龜。不過也沒太多欣喜的情緒。為了釣這隻龜，他已經翻遍了所有攻略，計算過所有最大機率。釣上來並不意外。

就在他瀟灑的騎上鬥士龍正要絕塵而去時……他看到了一個名字。

安平。

他立刻取消座騎，狼狽的從高空跌進湖裡。怔怔的望著那個人類女牧師，叫做安平的女牧師。閒然的站在岸邊，甩竿，釣魚。

不對。不該是這樣的。應該是煙雨江南，應該是楊柳低垂。應該是環著她的肩，她的髮髻如雲，泛著淡淡的茉莉香。不是這種過度濃豔如油畫的場景，應該是、應該是……

應該是中國水墨山水，應該是他為她寫下「懊惱、暗約……」的蠻姑兒，她羞紅著臉直笑，笑語琳琅……

「娘子！」他不但打出字來，也對著螢幕大叫。

牧師收竿，茫然片刻，「夫君？」

他奮力往她游去，害怕她從此消失無蹤。懷著自己也不懂的心情，激動得熱淚盈眶。站在她身邊，做了無數次親吻和擁抱的動作，卻不能解釋或消他的渴望。

一直都在等，一直都在等。或許他自己也不清楚的，為什麼總是不想交女友。總是朦朧覺得有些不對，覺得不該是這樣的人。

現在他知道了。

「娘子，」他邊打字邊掉下眼淚，「我等到妳了。」

「……你又打錯字了。應該是墨魚君才對吧？」

最初的激動過去了，他們相識，卻覺得很迷惘，都覺得摸不著頭緒。尤其是安平（她本名不叫這個）……更是覺得自己的反應非常誇張和神經，身為一個大一生，脫離高中沒多久的女孩，自然格外畏縮保守，但墨餘君卻一貫平和的待她。

帶她去刷副本，帶她去解任務。特別為她改了專業，打造了一台摩托車和她共遊。不帶著她就不願去任何副本，甚至不擔任任何RL。把她拉進自己的頻道裡，稱她娘子，逼著她要喊夫君。

像是把西方的奇幻世界改造成東方的煙雨江南一樣。

毫無經驗的安平在這種「冷水煮青蛙」和「猛烈攻擊」的冰火九重天中，暈頭轉向，還被墨餘君以「教她寫程式」這種爛理由約了出來。

第一眼，他就知道，對了，就是她。

就是那個在水墨山水中面目模糊的女子，仰臉看他的那個人。就是那個笑起來金玉交鳴，即使隔著螢幕都感應到的……娘子。

她看到我了。她的眼睛，又爆出那種非常熟悉的熱烈，只是又含著一絲不確定。

他走過去，輕輕的說，「娘子，我已久候多時。」

她甚是狼狽，指著手錶，「可、可是我才晚到五分鐘。」

「胡說，妳晚到了二十一年，讓我等了二十一年又五分鐘。」他輕斥著。

「二十一年？」她一臉迷糊，「我都沒這麼大呢，哪來的二十一年啊……」

趁她正在算這筆糊塗帳，他悄悄的環上她的肩。

正是如此。

她微微一僵，卻只是低下頭，嘴角噙著淺笑。「……大哥，你進度太快了吧？」

「我等了二十一年又五分鐘，進度已經太慢，需要趕進度了。」

嘩啦一聲，夏天固有的午後暴雨下了下來。他單手撐起傘來，將她摟近點……

將這現代的台北街頭，走成了大明朝的煙雨江南。

現代小番外　如何正確使用高背椅

二十一世紀初，魔獸世界。

人類女牧師安平收到一份情人節禮物。

她打開信箱，拿了附件，發現是一本叫做「如何正確使用高背椅」的手冊。

納悶的點開來，頁面顯示著：

「如何正確使用高背椅」

作者：墨餘君

首先，你必須確認高背椅穩固，能承受兩人的體重。不會翻覆，這需要精細計算人體工學和體重，請慎選你的高背椅，並且絕對不能有扶手，椅座不能太寬，以兩條到三條大腿的寬度最適合。

然後男士請在高背椅上坐穩，體態務必端正。讓女士面對你跨坐在大腿上，依雙方身高而作調整，男士需將雙手穩穩扶住女士的腰，女士依身高而定，搭不上肩膀的，抓住高背椅的椅背，藉以省力也未嘗不可。

接著就是實習的階段。

她翻了下一頁。

（後面的頁數被強力聖潔魔法黏住了。需要等級999才能閱讀。或洽本篇作者）

女牧師瞪著這份情人節禮物沉默了幾分鐘。拿起電話，劈頭就罵，「死墨魚！你給我這什麼鬼？……」

但聽到墨餘君磁性低沉又悅耳的聲音，她就紅著臉，把怒氣直接扔到爪哇國，「我只是想請妳來參觀我剛買的高背椅而已。」不但語氣純潔無瑕，連電話那頭的表情都是人畜無害的聖母笑。

她被唬得暈頭轉向，答應他明天就去參觀。殊不知羊入虎口……以至於剛畢業就被這隻墨魚綁去印尼結婚，順便度蜜月了。

讓我們把時空轉回這個奇異的書冊誕生不久後。

幾個洋鬼子正在爭論不休。因為他們說的是洋文，考慮到讀者的英文能力，我們暫時先吞一下翻譯蒟蒻。

「不行，絕對不行！」一個洋鬼子哀號，「讓老大知道非殺了我不可！怎麼可以私加這個物件……」

「誰讓你打輸呢?!」另一個洋鬼子揚聲，「打就打，為什麼要答應個鬼賭約？要不是你真的太差勁……」

「還不是你！二打一還輸，丟不丟臉，還輸給一個術士……丟不丟臉？傳出去都沒臉混了……黑白雙煞（死騎聖騎）輸給一個穿報紙的術士……」

他們很納悶，不知道為什麼會被查到私下的帳號，更不知道會被堵上。更不知道為什麼會被侵入skype的頻道，那個悅耳少年聲的人，居然提議來場異族

PK，一打二。

（其實說破不值一文錢，他們的好友被一個程式小漏洞收買，直接賣了這對寶，還幫他借帳號……）

吵不出結果，這對寶洋鬼子很鬱悶的把這個物件加到台灣伺服器的某個帳號角色裡。

如果知道這只是某個腹黑墨魚為了討女朋友歡心，間接成了殘害幼苗的幫凶，不知道這對寶會不會更吐血。

作者的話

其實我本來一直在淒風苦雨的《百花殺》中，會在自己版上（私人小版，非部落格）寫「臨時加演」是因為過年了。

讓大家跟我一起淒風苦雨真的是不太吉祥，但我寫這篇加演時也遲疑過，畢竟過年還寫傷病好像不太好。但想想還是寫了，主要是因為這個「城門失火、殃及池魚」的點子太好笑了，我自己笑很久，覺得不讓別人也跟著噴茶實在可惜。

於是我暫停苦到斷腸的《百花殺》，改寫《鸞姑兒》。

因為是輕鬆加演，就沒打算給他們安排太波瀾壯闊的人生，一直都是三廳兩院，在極小範圍內開演。再說我很心疼安平，就不想折騰她了。

所以一開始，我只是想寫曾經生過重病，又倒楣被波及，連穿越的小說都沒看過的模範女青年，重獲健康，又將心比心，陽光向上的婚後戀愛記。

當然，這是夢，而且是很甜的夢。但正因為是夢，我想沒人規定傷病者不能有夢吧？也沒人規定男女主角一定要美到日月無光、宇宙洪荒、慘絕人寰……才有資格當主角吧？

為什麼普通人不能當主角？為什麼傷病者不能當主角？小說難道不是為了夢想和缺憾服務的麼？

我曾認識一個五官平凡的人，但他笑起來我就想跟著笑，那雙彎彎月牙真是可愛啊！我也認識又胖、長相又抱歉的人，但他個性真的很好，博學多聞，錯過他的女孩是該多扼腕啊！

所以我安排了兩個長得普通的男女主角，個性上都有若干優點。最重要的是，就算傷痛折磨，他們的心理素質都很堅強，堅強到可以笑傲艱困。

若不是這樣，他們相遇就不會相親、繼而相愛。

若是安平穿過去，覺得好不容易恢復健康，當然要追尋命定的戀人，拒絕包辦婚姻，一跑了之，她就不可能遇到事實上很優的仙心。

若是仙心是個驕傲暴躁的病公子，動不動就打人罵人出氣，遇到安平，也只會自卑又自傲的瞧不起「婦德、婦容、婦言、婦工」皆無的四無女子，永遠不可能發現她有多體貼幽默和可愛。

就是因為兩個人在心理素質上很相似，事情既然已經這樣了，都希望在既有的基礎上盡量好好相處，所以安平見到三公子都盡量尋找他的優點（也真讓她找到了），仙心也盡量尋找鸞姑兒的優點（燦爛的笑容），都有誠心互相了解，才會越來越相親，開始了這段婚後戀愛記。

本來我想過是否不要寫那些十八禁。但我仔細想過，這對根本是青少年，不管他們心理素質是多麼堅強，還是會有好奇、探索的精神，尤其是在彼此有好感的情形下。這也是他們生活的一部分，我很難剝離掉。所以我坦然的寫了，畢竟他們這對實在太可愛了。

這部真的很日常、很流水帳。我很少寫這樣的小說……好像只有《薄荷》是這樣的。但我只是寫一個夢，一個安慰自己也安慰別人的夢。希望橫越生死艱困之後，能夠開開心心的笑一回。

日常就日常，流水帳就流水帳吧。我實在狠不下心去折騰他們倆。他們之前的苦難已經太多了。

說是一種偏心，也可以。

或許只有這樣歷經磨難，心靈成熟卻還保持青春的青少年，才能這樣得我憐惜吧。

正因為太偏心，所以我甚至固執的替他們安排了大明緣盡後，在現代轉世又重逢，再續前緣。這就是那位人形龍身猛男（軒轅國主，《百花殺》最重要的配角之一）說的「禮物」。

有人問我，這部和《望江南》有沒有關係。只能說是同在一個架空的明朝，《望江南》中的承平帝是《蠻姑兒》安康帝的老爹。希望這樣能讓讀者了解。

因為是相同的架空明朝，考據也不嚴謹，請大家原諒我不學無術吧！

至於《百花殺》到底會不會寫完……其實我不知道。最近我都沉浸在穿越而甜美（和搞笑）的氣息中，不知道提不提得精神寫淒風苦雨。若寫出來了，再聽我仔細說那個悲傷的故事吧。

願各位在下本書裡相逢。

蝴蝶2010/2/21

蝴蝶 Seba

國家圖書館出版品預行編目資料

蠻姑兒 / 蝴蝶Seba著. -- 二版.-- 新北市 :
雅書堂文化事業有限公司, 2022.06
面； 公分. -- (蝴蝶館 ; 38)
ISBN 978-986-302-629-7(平裝)

863.57 111005705

蝴蝶館 38

蠻姑兒

作　　者／蝴蝶Seba
發 行 人／詹慶和
執行編輯／蔡毓玲
編　　輯／劉蕙寧・黃璟安・陳姿伶
封面設計／林佩樺
執行美編／陳麗娜
美術編輯／周盈汝・韓欣恬

出版者／雅書堂文化事業有限公司
郵政劃撥帳號／18225950
戶名／雅書堂文化事業有限公司
地址／台北縣板橋市板新路206號3樓
電子信箱／elegant.books@msa.hinet.net
電話／(02)8952-4078
傳真／(02)8952-4084

2022年06月二版一刷　2010年05月初版　定價 240 元

經銷／易可數位行銷股份有限公司
地址／新北市新店區寶橋路235 巷6 弄3 號5 樓
電話／ (02)8911-0825
傳真／ (02)8911-0801

蝴蝶 Seba

蝴蝶
Seba

蝴蝶 Seba

蝴蝶
Seba

蝴蝶
Seba

蝴蝶
Seba